나는 오늘도 반짝이는 중입니다

나는 오늘도 반짝이는 중입니다

나만의 색으로 눈부신 희망을 찾는 중년의 지혜

초 판 1쇄 2024년 11월 08일

지은이 이윤성
펴낸이 류종렬

펴낸곳 미다스북스
본부장 임종익
편집장 이다경, 김가영
디자인 임인영, 윤가희
책임진행 이예나, 김요섭, 안채원, 김은진, 장민주

등록 2001년 3월 21일 제2001-000040호
주소 서울시 마포구 양화로 133 서교타워 711호
전화 02) 322-7802~3
팩스 02) 6007-1845
블로그 http://blog.naver.com/midasbooks
전자주소 midasbooks@hanmail.net
페이스북 https://www.facebook.com/midasbooks425
인스타그램 https://www.instagram.com/midasbooks

© 이윤성, 미다스북스 2024, *Printed in Korea*.

ISBN 979-11-6910-892-8 03810

값 18,500원

미다스북스는 다음세대에게 필요한 지혜와 교양을 생각합니다.

나만의 색으로 눈부신 희망을 찾는 중년의 지혜

나는 오늘도
반짝이는 중입니다

이윤성 지음

미다스북스

목차

❖ ❖ ❖

7 **프롤로그** 나만의 마지막 선택의 삶 詩 나의 꿈

1 **만나다**

내 자리는 언제나 인연으로부터 시작되고

11 나의 세상이 시작된 장원리 열원

16 보름달 빵과 오솔길

21 사고뭉치 아버지와 해결사 엄마

27 두 바퀴와의 악연

33 너 나한테 시집올래?

40 선물 같은 큰딸

46 아픈 만큼 더 애틋한 작은딸

50 詩 하늘 구름

51 월드컵 8강이, 아들 이야기

56 詩 나이기에

57 나의 오빠 바오로

②　살다

인생은 언제나 오르막, 오늘도 열심히 살아갈 뿐

67　　나에 대한 멋진 도전, 졸업장

73　　오류동 빌라

80　　첫 만남은 인연, 내 옆에 남으면 운명

87　　서점, 책에 파묻히다

95　　경기도 이천시 산타클로스

100　　두원공대 후문 맛집

107　　詩 너이기에

108　　뷰티하우스와 고장 난 어깨

114　　모든 순간이 죄로다, 첫 고해성사

119　　사람은 착하게 살아야 해

125　　詩 그립습니다

126　　산삼도 나누어 먹었지만

131　　詩 장맛비

3 비운다
마음을 비우고 보니 새로운 날이 보이네

137 테니스의 꿈을 접고

147 詩 원두커피

148 딸들아, 무엇이든 할 수 있어!

155 詩 꽃보다 예쁘다

156 엄마의 밥상

163 詩 나의 엄마

164 굿바이 바오로

169 詩 푸른 들판 작은 숲길

170 이제는 아가다

◆ ◆ ◆

176 **에필로그** 나만의 반짝이는 색깔을 위한 마지막 선택

181 詩 나의 꿈

부록

185 반짝이는 나의 사람들, 반짝이는 나의 시간들

나만의 마지막 선택의 삶
詩 나의 꿈

    무료해지는 일상의 시간이면 스쳐 간 옛 기억을 더듬어 가며 앞으로의 나를 찾아봅니다. "평범하면서도 평범하지 않은" 우리의 모습은 다 자신만의 색다른 이미지로 살아가고 있습니다. 비록 그 차이는 그다지 크지 않을 테지만 그래도 분명한 각자의 색과 삶이 있다는 것을 잊지 않습니다. 내가 가지고 있는 나만의 색과 삶이 언제나 고운 모습으로 지속되기를 희망합니다.

1

만나다

✦

✦

✦

내 자리는 언제나

인연으로부터 시작되고

나의 세상이 시작된 장원리 열원

✦

"아버지, 엄마 아기 낳으셨어요."

"그래, 알았다."

큰오빠가 엄마의 넷째 출산 소식을 전했을 때, 아버지는 늘 그렇듯 노름방에 계셨다. 그 밤이 다 지나고 새벽녘이 되어서야 집에 돌아온 아버지는 옆구리에 미역 한 무더기를 끼고 있었다. 자식과 아내에 대한 애틋한 사랑이었을까. 노름 때문에 집도 절도 없이 살게 한 미안함이 먼저였을까.

아버지는 외모나 인품으로 보아서 노름할 사람으로는 보이지 않는데 의외로 타짜 못지않은 실력자였다. 시골에선 농한기가 되면 으레 모여 노름을 한다. 아버지는 빠지지 않는

11

멤버였다. 아무리 실력이 좋아도 무한 반복하다 보면 결국은 잃는 것이 노름인데 그것을 알면서도 멈추지 못한 것을 보면 아버지는 틀림없이 중독자였다.

그 시절 '소'라고 하면 정말이지 큰 재산인데 아무렇지도 않게 소도 끌어가고 돈 되는 건 다 가져가서 나중에는 모든 걸 잃은 채 숟가락, 젓가락만 들고 도망치듯 이사를 하게 되었다.

그렇게 도착한 곳이 안성 죽산면 장원리 열원(너러니)이다. 야산 밑에 저수지가 있고 몇 가구 살지 않는 조그마한 마을이다. 이곳에서 작은오빠와 내가 태어났다. 열원 마을에 들어서면 '너러니'라고 쓴 안내판이 있다. '열원'이라는 발음이 힘들어 너러니라고 했다는 말도 있고 넓고 길게 생긴 마을이라 그렇게 불렀다는 말도 있다.

내가 배 속에 있을 때 할머니는 엄마가 자꾸 아기를 가지니까 잔소리를 했나 보다. 엄마도 먹고살기도 힘든 시절에 자꾸만 아이가 들어서니 속상해서 나를 낳지 않으려고 수단 방법을 가리지 않고 별별 노력을 다했단다. 마루에서 마당으로 굴러 보기도 하고 간장을 먹기도 하고 배를 때리기도 하고…. 나의 생명력은 그럴수록 더욱 강해진 것일까. 나는 결국 손가락 열 개, 발가락 열 개를 꼬물거리면서 극히 정상적으로 태어나고 말았다.

태어나서도 나의 생명력은 놀라웠다. 농사일로 바쁜 와중에 젖을 물려 충분히 먹이고 기저귀도 뽀송뽀송하게 갈아 주고 언니랑 오빠가 번갈아 업어 주는데도 내가 하도 울어 대니 엄마가 나를 마루에서 마당으로 던져 버렸다고 한다. 너무 화도 나고 속도 상하고 짜증도 나셨겠지. 그런데 그 조그만 것이 계속 울면서 기를 쓰고 마루에 오르려고 애를 쓰더란다. 살려고 살려고 하는 발버둥. 그게 바로 나였다.

내가 태어났지만 집에서는 별 관심도 없었다. 딸이라는 게 가장 큰 이유였다. 이름도 대충 죽산면사무소, 지금으로 말하면 주민센터에서 즉흥으로 지었고 생년월일도 맞지 않는다.
　당시는 아들을 중요시하던 때였기에, 딸이라고 하자 할머니는 '에잇' 하며 고개를 돌렸다고 한다.

환영받지 못한 인생으로 살기 싫어 나는 개명을 했다. 다시 내 인생을 살아 보기 위해서 6, 7년 전 돌아가신 시아버님이 지어 주신 이름으로 바꿨다. 시아버님이 좋아서, 믿음이 가서 지금의 남편과 결혼을 했지만, 표현을 잘 못 하는 나는 아버님께 잘해 드리지 못해 항상 죄송한 마음을 품고 살았다. 지금 하늘에 계신 아버님께 글로라도 감사의 마음을 전해 본다.

자라면서는 작은오빠와 자주 싸웠다. 똑똑했던 작은오빠는 뭔가를 물어보면 그것도 모르냐면서 학교 가서 제대로 듣지 않고 뭘 배우고 온 거냐며 나의 흠을 지적하여 혼냈다.

하나밖에 없는 언니는 착하고 친절했다. 모르는 것은 언니에게 물어보는 것이 좋았다. 차근차근 자세히 잘 설명해 줘서 언제나 이해가 잘되었다.

엄마와 아버지는 내가 봐도 열심히 살았다. 가족을 이루어 잘 살아갈 수 있도록 책임지는 것이 부모라 생각한다. 나도 내가 선택한 것에 유종의 미를 거두기 위해 노력하며 산다.

다들 마찬가지겠지만 자기 생활에 만족하는 사람이 얼마나 있겠는가!

그래서 절제와 인내가 중요하다. 끊어 버릴 때 끊어 버리고 힘들어도 이어 갈 수 있는 건 가지고 가야 한다. 때로는 무거운 돌도 애물단지처럼 안고 가져가야 한다면 그래야 한다.

아무것도 모르던 시절, 욕심도 없던 그 시절, 마냥 놀기만 좋아했던 시절, 친구들만 좋았던 그 시절이 다시 생각난다.

성인이 되어 사랑도 하고 가정도 이루면서 욕심이 생기다 보니 성공도 하고 실패도 한다.

어떤 분야에서든 욕심껏 성공을 좇는 '목표'일지도 모른다.

어린 시절을 떠올릴 때가 더 행복한 것을 보면 욕심을 이룬다고 꼭 좋은 것은 아닌 것 같다. 성공은 아무 탈 없이 무탈하게 살다가 소박한 꿈을 이루고 생을 마감하는 것이 아닐까!

내 생각이다.

보름달 빵과 오솔길

✦

"나는 시그니처 스타일을 만들며 살길 원한다."

현재 그러고 있다.

나는 나일 뿐 누구하고 비교하며 살고 싶지는 않다.

어렸을 때는 부모님이 엄격하셔서 모범생도 아니었고 공부도 그다지 잘한 건 아니지만 집, 학교밖에 모르고 살았다.

학교에 가려면 오솔길을 따라가서 뒷동산을 넘고 바닥에 동그란 구멍이 뻥뻥 뚫리고 난간도 없이 출렁출렁 흔들거리는 무서운 다리도 건너야 했다. 초 · 중 · 고 12년 내내 그렇게 학교를 다녔다. 지금은 산이 있던 자리에 대학교가 들어서면서 뒷동산 오솔길이 없어졌지만, 그 길이 난 좋았다.

학교가 면 소재지에 있었다. 구멍 뚫린 내천 다리를 건너

우시장, 골목길, 우체국을 차례로 지나면 학교다. 오로지 친구들이 너무 좋아서 학교 가는 게 난 너무 좋았다.

동네에서 내 또래 친구들이 하나둘 이사를 가서 난 항상 혼자서 학교에 다녔다. 보름달 빵, 노을 빵을 먹으며 헨젤과 그레텔처럼 동산을 넘어 다녔다. 동화 같은 숲을 헤치고 친구를 만나러 가는 학교는 더운 날이든 추운 날이든 바람 부는 날이든 언제나 좋았다. 유일하게 가기 싫은 날은 비 오는 날이었다. 비가 와서 흙투성이가 된 운동화와 다 젖은 양말과 발, 그 축축함과 후줄근해진 모습이 창피하고 싫었다.

아침에 보는 뒷동산 숲길은 환상적이었다. 안개에 뒤덮여 보일 듯 말 듯 한 길은 구름 사이로 난 천국의 길인 듯했다. 그 길을 걸으며 난 무슨 생각을 했을까, 문득 궁금해진다.

봄이 되면 하얀 싸리꽃이 활짝 피어 나를 반기고, 무슨 맛일까 싶어 칡뿌리도 캐 먹고, 새소리도 지지배배, 짹짹짹 들려오고, 오소리, 다람쥐도 뛰어다니던 그 정겨운 장면과 향기와 소리가 아직도 선명하다.

그리운 보름달 빵과 노을 빵과 오솔길!

그때로 다시는 돌아가지 못한다는 것이 아쉽다. 나도 어느덧 나이가 들었나 보다. 옛 추억이 정겹고 자꾸만 생각이 나니….

겨울에 눈이 많이 오는 날이면 동네 오빠들이랑 비료 포대를 들고 학교에 간다. 경사가 심한 내리막 오솔길에서 준비해 간 비료 포대를 타고 쉬이익 내려가면 학교가 금방이다.

장마철에는 작은오빠 등에 업혀 우산을 쓰고 학교에 가기도 했다. 맨날 나를 구박해서 원수 같은 작은오빠지만 그때는 어쩔 수 없이 얌전해져야 했다. 내천에서 수영하며 놀다가 다친 기억도 떠오른다.

시골에 살면 보이는 시야가 좁으니 생각과 꿈이 소박하다. 우리 시절에 '목장'을 하는 사람들은 잘사는 부자 축에 속했다. 부모님과 이렇게 농사를 짓고 살다가 노래 가사처럼 저 푸른 초원 위에 목장 하는 사람과 결혼해서 함께 하얀 집을 짓고 부자로 살고 싶었던 게 나의 로망이자 단순한 작은 꿈이었다. 그 어린 나이에 결혼이라는 게 무엇인지 알기는 했을까?

학교가 끝나고 집에 올 때는 나는 자주 혼자였다. 그래서 5원, 10원 하던 빵이나 과자를 사서 먹으며 어린아이 발걸음으로 40~50분 걸어서 집으로 왔다.

언젠가는 홍역을 심하게 앓았다. 그런데도 왜 학교에 갔는지 모르겠다. 병원을 가야 해서일까? 너무 힘들고 아팠는데 엄마가 100원을 주셨나, 기억이 가물가물한데 힘들면 맛난 거 사 먹고 오라고 했다. 아픔을 참고 딴에 맛있는 것을 사 먹기 위해서는 학교에 가야 한다는 사명감 혹은 책임감으로 꾸역꾸역 학교에 갔던 날이 있었다. 그날의 오솔길은 가장 멀게 느껴졌다. 지금도 홍역의 흉터가 몸에 남아 있다.

좀 커서도 그 오솔길을 걸어 중·고등학교를 다녔다. 작은 오빠 친구들은 가끔 자전거를 타고 그 오솔길을 넘어와 우리 집에 와서 등목을 했다. 그 오빠들은 우리 집에 있던 아령이나 기타 운동 기구들로 운동을 했다. 나도 함께 해 보기도 했다. 지금도 있는 팔뚝의 알통은 그때 생겼지 싶다.

아~ 추억 많은 그 오솔길. 또다시 걷고 싶어진다.

길은 모두 통한다는 말이 있다. 어린 시절의 길도 그랬다. 아랫길, 중간 마을 길, 윗마을 길 어느 길로 가도 걸리는 시간만 다를 뿐 모두 통해 있었다.

12년을 하루같이 지나다녔던 그 오솔길, 지금은 사라졌지만 내 마음속에는 여전히 구불구불 이어져 추억을 나르고 있다.

사고뭉치 아버지와 해결사 엄마

✦

죽산 장날은 5일과 10일이다. 5일마다 장이 서는데 엄청나게 컸다. 우시장도 있어서 전국에서도 알아주는 장이었다. 지금도 같은 날짜에 변함없이 장이 선다. 아버지는 장이 서면 항상 가셨다. 농사지은 것을 팔고 이것저것 필요한 물품을 사 오셨다. 소를 팔러 가시기도 했다. 때로는 노름으로 날린 소를 다시 사 오시기도 했다.

장날만 되면 엄마는 신경이 곤두서 계셨다. 아버지가 술을 드실 것이기 때문이다. 술만 드시면 주사를 부리는 아버지는 사고뭉치였다. 그날은 엄마가 사소한 것인데도 우리를 야단치며 화를 내셨다. 아버지 때문에 예민해지신 것이다.

아버지는 분명히 장에 가실 땐 자전거를 타고 가셨는데 술에 잔뜩 취한 채 집에 돌아오실 땐 택시를 타고 오셨다. 술에 취해서 자전거를 어디엔가 팽개쳐 놓고 차비도 없이 택시를 타고 오시는 것이다. 기사님이 대문 앞에서 빵빵빵 경적을 울리면 엄마가 택시비를 들고 나가시는 것을 여러 번 보았다. 별달리 당황하지도 않고 당연한 듯이 택시비를 들고 나가시는 엄마는 미리 기사님한테 부탁해 놓으셨다고 한다. 술이 많이 취하면 위험하니 아버지가 돈 없이 택시 타도 꼭 집에 모셔다 달라고 말씀을 해 놓으신 것이다. 시골이라 택시기사님들도 모두 아는 사람들이었다. 그런 걸 보면 엄마는 똑똑한 걸 떠나서 참 지혜로우셨다.

엄마의 지혜가 드러나는 일은 또 있다. 나이 들어 다른 일도 못 하고 술도 못 드시게 된 아버지에게 색깔 별로 섞어 놓은 콩 고르기, 파 까기, 마늘 까기 등을 시키셨다. 일도 하고 치매 예방도 하고 건강도 챙길 수 있는 시스템을 만든 것이다. 그러면 아버지는 또 그것을 군소리 없이 묵묵히 다 하셨다.

두 분은 항상 싸우면서도 붙어서 일하셨다. 포도 농사, 담배 농사 등 이것저것 돈이 될 만한 농사를 바꿔 가며 가족을 먹여 살리기 위해 노력하시는 젊은 시절의 아버지 모습이 눈

앞을 스친다. 스님이 불경 외우는 녹음테이프를 틀어 놓고 엄마와 다정히 일하는 모습도 지나간다.

정말 두 분은 천생연분이었나 보다. 두 분은 두 분이 함께 여서 행복해하셨다. 지금 생각을 또 해 보지만 예쁘게 사셨다. 술 드시고 싸우실 때만 빼고는….

술을 드신 날이면 아버지는 옆구리에 전자제품을 끼고 들어오시고는 했다.

흥이 많으셨는지 어느 날은 카세트 라디오를 사 오시고 어느 날은 비싼 전축을 사 들고 들어오시기도 했다. 카드도 없던 시절, 아버지는 무조건 할부로 사 오신 것이었다. 말이 좋아 할부라고 하는 거지 사실 외상이었다. 외상이면 소도 잡아먹는다는 말처럼 돈도 없는데 무슨 배짱으로 사 오시는 건지 알 수가 없었다.

덕분에 우리 집은 잠시 우리 동네에서 첫 번째로 전축이 있는 집이 되기도 했다. 화가 날 대로 나신 엄마는 소리치셨다.

"애들은 텔레비전 좀 보겠다고 거지같이 남의 집 마당에

23   1. 만나다

쭈그리고 앉아 있는데 아빠라는 작자는 돈 벌 생각은 안 하고 베짱이처럼 음악이나 듣겠다고 외상으로 전축이나 사 오고 있소! 차라리 사 오려면 텔레비전을 사 오든지!"

철없는 아버지에게 부아가 나신 엄마의 화풀이 한마디인 줄 알았는데 엄마는 그다음 장에 가서서 TV로 바꿔 오셨다. 그래서 동네에서 우리 집은 부자도 아닌데 두 번째로 TV가 있는 집이 되었다.

엄마, 아버지는 정말 항상 부지런하셨다. 음식도 잘하셔서 동네에서도 이리저리 불려 다니시며 음식도 해 주시는 분이었다. 우리 집 삼시 세끼는 항상 정성 어린 엄마표 밥상이었다.

학교에 갔다 오면 엄마, 아버지는 들에 가시고 반기는 건 마루 위에 하얗게 빨아 놓은 걸레 바구니였다. 우리 집은 깔끔했다. 행주와 걸레가 분간이 안 될 정도여서 지금도 난 걸레가 더러운 것이라고 생각 안 한다. 아버지는 사시사철 하루도 빠지지 않고 외출하고 들어오시면 항상 따뜻한 물에 발을 씻으셨다. 대야에 물을 떠다 마루에 갖다 드린 기억도 난다. 그게 말 그대로 요즘 말로 '족욕'인 것 같다. 그래서인지 아버지는 건강하셨다. 아파서 누워 계신 걸 본 적이 한 번도 없을 정도다.

그러던 아버지였지만 세월은 어쩔 수 없어 노환이 와서 자리에 누우셨다. 특히나 엄마가 뇌출혈로 쓰러지셔서 병원과 요양원에 계셨던 6년 동안 많이 힘들어하셨다. 나는 거동이 불편하신 아버지를 닦아 드리며 어서 일어나지 못하시고 왜 이러고 계시냐며 펑펑 울었다. 아프신 엄마의 6년의 부재가 아버지의 삶의 의욕을 꺾었나 보다. 아버지는 그렇게 돌아가셨다. 그러고는 딱 3개월 만에 엄마가 힘들어 보이셨는지 아버지께서 엄마도 데려가셨다. 두 분은 정말 사랑하셨던 게 맞다. 지나고 보니 정말 사랑해서 행복한 삶이었겠다는 생각이 든다.

학교 갔다 오면 언제나 맞아 주던 집이라는 안식처. 거기에 계시던 엄마, 아버지, 가족. 이제는 그것이 항상 변함없으리라고 생각하지 않는다. 영원한 것은 세상에 없기 때문이

다. 어쩌면 영원하지 않아 더 귀하고 감사한 인연들인지도
모른다.

두 바퀴와의 악연

✦

엄마는 아침밥을 꼭 차려 주셨다. 안 먹고 가면 엄마가 서운해하실까 봐 물에라도 밥을 말아 먹고 갔지만, 사실은 힘들었다. 소화가 잘 되어서 소화제를 자주 먹었다.

그날도 그렇게 급하게 물에 밥을 말아 먹고 집을 나섰다.

"야, 뒤에 타. 지금 걸어가면 학교 늦어."

학교 가는 길에 자전거를 타고 학교에 가던 동네 오빠가 뒤에 타라며 손짓을 했다.

'오~ 대박!'

냉큼 타긴 했으나 허리를 넙죽 잡기는 좀 부끄러워 옷자락만 살짝 잡고 앉았다. 비포장도로에 산길이니 덜컹거림이 오

27 ◆ ◆ ◆

죽했을까.

"악!"

철퍼덕!

구멍 뻥뻥 뚫린 다리를 지나다 출렁하는 바람에 나는 오빠의 옷자락을 놓치며 아래 개울로 떨어지고 말았다. 정신이 없었다. 본능적으로 일어났으나 허벅지에서 통증이 강하게 느껴졌다. 떨어지면서 나무에 찔린 것이었다. 눈물이 났다. 다리 다친 것도 그렇고 옷을 다 버린 것도 그렇고 이 꼴로 학교에 갈 수 없다는 것도 나를 몹시 서글프게 했다.

나는 엉엉 울면서 혼자 집으로 돌아와 옷을 갈아입고 다시 학교에 갔다. 다행히 운동장에 들어서니 조회가 끝나고 1교시 수업 시작 전이었다. 아픈데도 왜 학교를 안 빠지고 갔는지는 지금도 모르겠다. 그냥 나에게 학교는 빠지면 안 되는 곳이었다.

난 우리 동네를 중심으로 주위를 빙 돌면서 동네마다 친하게 지낸 친구들이 많았다. 죽산에는 성희와 ○○와 친하게 지냈다. ㅇㅇ네 아버지는 죽산면에서 이발소를 하셨다. 학교를 마치면 자주 그 친구네 가서 놀다가 집에 간 적이 많았다. 어느 날 학교를 마치고 역시 ㅇㅇ네 집에서 신나게 놀았다. 저녁 무렵이 되어 ㅇㅇ가 자전거로 우리 집에 데려다준다기에 뒤에 타고 가다가 밭두렁에 처박혔다. 그때는 아랫배를 심하게 부딪쳐서 엄청나게 아팠다. 일주일을 혼자 앓았다. 그런데도 엄마에게 이야기 안 했다. 그때부터 자전거가 무서웠다! 그래도 친구와 함께였기에 하루하루가 즐거웠다.

고향 동네에서는 이웃끼리 서로들 품앗이를 해 주었다. 집마다 돌아가며 농사일을 도와준다. 여자들은 밥을 해서 먹어가며 친목도 쌓는다. 어느 날 품앗이하러 따라갔다가 동네 아저씨 심부름으로 동네 오빠랑 오토바이를 타고 가게 되었다. 언제나 부끄러움이 문제다. 꽉 잡아야 하는데 그러질 못한 것이다. 한참 달리다 덜컹하던 순간 나는 달리는 오토바이에서 떨어지고 말았다. 여기저기 긁히고 다쳤다.

'정말 나의 시련과 고난은 언제까지 계속될까?'

1. 만나다

바퀴 두 개 달린 것을 타기만 하면 사고가 났다.

또 어느 날은 학교 끝나고 미술 시간 준비물인 돌돌 말린 철사 꾸러미를 사서 팔에 걸고 집으로 가고 있었다. 갑자기 누군가 내 팔을 아주 세게 잡아당기는 듯한 느낌이 들더니 한참 동안 나를 끌고 가는 것이었다. 너무 놀라고 당황한 나는 "으악!" 고함을 지르며 발버둥 쳤으나 멈춰지지 않았다. 한 50미터쯤 끌려갔을까. 그제야 멈췄다. 순식간에 주변이 조용해졌다가 웅성웅성 사람들이 모였다.

알고 보니 내 앞을 지나가던 오토바이 핸들에 철사 꾸러미가 끼어 나를 끌고 가 버렸다. 너무 무서웠다. 아무 말도 할 수 없었고 눈물밖에 나오지 않았다. 온몸이 굳어 움직일 수도 없었다. 오토바이 아저씨는 나를 데리고 급히 병원으로 갔다. 팔뚝이 부어오르고 곳곳이 까지고 멍이 시퍼렇게 들었다. 다행히 뼈엔 이상이 없다고 해서 반깁스만 하고 집으로 왔다. 그 모습을 본 엄마는 나보다 더 놀라는 것 같았다. 그날 종일 너무 속상해하시고 걱정하셨다.

시간이 지나 깁스를 풀었지만 팔에 힘이 들어가지 않았다.

무거운 걸 들면 팔이 혼자서 빙그르르 돌아갔다. 지금도 왼손으로 무거운 걸 들지 못한다.

두 바퀴 달린 것은 싫었다. 보기만 해도 그날의 공포가 떠오르고 트라우마가 생겼다. 아직 자전거도 못 탄다. 배우려고 학교 다니던 뒷동산 오솔길로 끌고 힘들게 왔다 갔다 했지만, 결국엔 무서워서 잘 타지 못하고 끝냈다. 두 바퀴 달린 것과는 친해지고 싶지 않다.

오십이 넘어 그때 일을 돌아보면 이런 생각이 든다.

'내가 오래 살려고 그랬던 걸까, 아니면 큰일을 하게 되려나?'

이런 생각도 해 본다.

'하느님이 나를 부르신 것이었을까?'

아니리라는 것을 안다. 대신 이제는 내가 믿는 하느님이 계시니 앞으로는 두 바퀴의 악몽이 없기를 기도할 수 있게 되었다. 뒤늦게 받은 나의 세례명은 '아가다'이다.

하느님,

부디 자비를 베푸소서.

영광이 성부와 성자와 성령께

처음과 같이

이제 와 항상 영원히.

아멘.

너 나한테 시집올래?

✦

"우리 산악회에서 이번에 야간산행 가는데 같이 가요."

나는 결혼하기 전 서점 겸 책 대여점을 맡아 4년간 운영하고 있었다. 큰오빠가 차려 준 서점이었다. 회원 수가 몇천 명이 될 만큼 장사가 꽤 잘됐다. 책방에서 일하다 보면 개인 시간이 없다. 오전 10시에 문을 열고 밤 11시에 닫았는데 친구들도 서점으로 와야 만날 수 있었다.

서점에 자주 오던 회원 한 명과 친해지게 되었는데 우연히 산행을 따라가게 되었다.

'대암산악회.'

암벽을 타는데 주로 야간 산행을 했다. 같이 살던 큰오빠는 부모님 대신이라서 허락을 받아야 하는데 밤에 산에 간다는 말을 하면 허락을 안 해 줄 것만 같아서 거짓말을 해 가며 기어코 산악회를 따라갔다.

거기서 한 남자를 봤다. 첫인상이 강했다. 눈이 부리부리하게 아주 크고 눈썹도 짙었다. 당시 인기가 최고였던 연예인 최재성을 닮은 듯했다. 한마디로 잘생겼다.

밤새 산을 올라 목적지에서 날이 밝기를 기다렸다. 희끄무레 하늘이 밝아 오자 눈앞에 암벽이 우뚝 서 있었다. 떠오르는 햇살을 받으며 암벽을 타는 사람들은 멋있었다. 형광 등산복을 입고 허리에 밧줄을 걸고 바위를 아슬아슬하게 올라가는 그들의 모습은 영화 장면 같았다. 폼생폼사였던 나는 바로 산악회에 가입하고 몇 번 모임에 나갔으나 서점에서 기다리는 단골들이 있어 오래 활동하지는 못했다.

그러고 5년쯤 지났다. 나는 그때 투잡을 하고 있었는데 낮에는 백화점 직원으로, 퇴근해서는 서점을 보고 있었다. 그날도 백화점 일을 마치고 서점으로 하루의 두 번째 출근하려고 가는데 전철역 앞에서 낯익은 남자를 만났다. 산악회의

최재성 닮은 그 남자였다. 서로 인사를 하고 있는데 옆에 있던 그 남자의 상사가 나를 보더니 인상이 너무 좋다며 커피 한잔하자고 붙잡았다. 바쁘다고 하니 그 남자도 5분만 있다가 가라고 했다. '5분 정도야~'라는 생각에 나도 동의하고 커피 한잔을 마시게 되었다. 상사는 잠시 화장실 다녀오겠다더니 함흥차사가 되어 사라져 버렸다. 우리 두 사람을 연결해 주려고 자리를 만들어 준 것 같았다.

5분도 지나고 상사도 사라지고 해서 서점 보러 가야 한다고 하며 자리에서 일어섰다.

그랬더니 "저랑 술 한잔합시다." 하는 것이었다.

"저랑 술 한잔하려면 서점 끝날 때까지 기다리셔야 해요." 라고 단호하게 말하고 돌아섰는데 웬걸, 나를 따라오고 있었다. 모르는 사이도 아니고 해서 그대로 두었다. 멀뚱멀뚱 서점 안까지 들어온 그는 서점에 있던 세 살짜리 조카를 보더니 같이 놀기 시작했다. 상가에 있는 슈퍼에 왔다 갔다 하며 맛있는 것도 사 주고 돌봐 주며 나를 기다렸다. 그 슈퍼 이름이 '남부슈퍼'였다. 별 기억이 다 남아 있다는 사실이 가끔 신기하다.

11시, 결국 그는 서점 닫는 시간까지 기다렸다. 대단하기도 하고 고맙기도 했다. 술 한잔하러 갔다. 그게 첫 정식 데이트였다. 그렇게 몇 번의 만남을 통해 많이 가까워졌다.

사람들이 나의 어떤 면을 잘 봤는지는 모르겠지만 소개받은 남자들이 꽤 있었다. 그러나 한두 번 보고 형식적인 대화를 한 사람들보다는 5년 된 인연이 더 낫겠지 싶었다. 이 사람에게 마음이 기울었다. 만나면 서로 헤어지기 싫어 바래다주고 다시 데려다주고를 반복하며 함께하는 시간도 많아졌다.

어느 날 길을 걷다가 그가 말했다.

"너 나한테 시집올래?"

나는 대뜸 "그럴까?" 했다.

길을 걸으며 청혼을 하다니…. 하지만 싫지는 않았다.

그러더니 얼마 안 있어 "부모님께 인사드리러 간다고 말씀드렸으니 가자."라고 했다.

아뿔싸.

이 사람 뭐든지 속전속결인가? 아니면 여자를 너무 모르는 건가?

말은 '그럴까?'라고 했지만, 꼭 결혼하려는 것은 아니었다.

하지만 시골 부모님과 약속을 잡았다니 실망시켜 드리기도
어려웠다.

고민 끝에 인사를 하러 가기로 했다. 몸 상태가 좋지 않았
지만, 영등포에서 열차를 타고 김천으로 갔다. 그는 김천역
까지 고모부와 함께 마중을 나와서는 너무 좋아했다. 정신이
없어서 내가 무엇을 사서 갔는지도 기억이 나지 않는다.

엄마는 남자 집에 가서 정초부터 자고 오는 건 실례가 되
니 인사만 드리고 그날로 오라고 하셨다. 그런데….

시골이라선지 그 집에서는 작은어머님, 형님, 시누 등 일
가친척이 총출동해서 나를 보려고 모여 있었다. 윷놀이도 하
며 술도 한잔하며 즐겁게 시간을 보냈다.

술을 즐겨 드시며 이야기도 잘하시는 시아버님의 첫 모습
이 인상적이었다. 그때 아버님의 말씀에 내가 빠져든 것 같
다. 진솔하고 소탈하신 아버님을 비롯해서 우리 집과는 전혀
다른 분위기라서 이런 집안에, 이런 분의 자식이라면 모험을
걸어 봐도 좋지 않을까 하는 생각이 점점 마음속에 자리 잡
고 있었다. 그런 생각으로 보니 그 남자, 우리 홍남 씨의 등

이 엄청 넓어 보이며 기대도 될 것 같은 느낌이 들었다.

아버님께서 새벽까지 술을 드시며 말씀을 하시는 도중 한 분씩, 한 분씩 사라져 갔다. 나는 남의 집이 처음이고 어려워서 꼼짝도 못 하고 있었더니 아버님이 말하기를, "버스도 끊어져서 못 가니 작은방에다가 홍남이 신혼 방을 차려 줘라." 라며 아가씨(시누)한테 지정을 해 주셨다.

알고 보니 그 방은 남편 집안의 지정 신혼 방이었다. 1년 후 시동생이 동서를 데리고 왔을 때도 아버님은 그 방에다 시동생의 신혼 방을 차려 주라고 하셨다.

5분으로 시작된 인연은 마침내 결혼에까지 이르렀다.

남편은 한 회사에 30년 동안 다녔다. 성실하고 꼼꼼하고 인자한 면이 있다. 그때도 그런 성격이 좋아서 선택한 것 같다. 결혼 초에 나는 내 '목표'가 있었다. 하루는 남편에게 내 목표와 가치관에 대해 이야기했다. 남편도 같은 생각이라고 했다.

그 덕에 나는 목표를 이루었고 또 새로운 목표를 세워 한

해, 한 해 계속 도전해 가고 있다. 목표를 향한 끊임없는 노력은 나를 만족시키고 삶의 충만함을 느끼게 한다. 그러면 내가 살아 있음이, 살고 있음이 강하게 느껴지며 너무 행복하다.

항상 내 뒤에서 말없이 내가 하는 일에 대해 나를 믿어 주고, 격려해 주고, 지켜 주는 남편이 있어서 감사하다.

인연이라는 것은 이런 것이 아닐까.

선물 같은 큰딸

✦

주변이 뿌예지면서 남편이 보였다. 남편은 감나무에서 주황색 감이 주렁주렁 달린 가지를 꺾어 와 나를 주었다.

"아직 익지도 않은 감을 이렇게 많이 꺾어 왔네요."

난 가지를 받아 들며 주황색 큰 감이 두 개 달린 가지만 다시 꺾어 벽에 걸었다.

깨 보니 꿈이었다. 그것도 태몽이었다. 딸 둘의 태몽을 한번에 꾼 듯싶다.

엄마는 시골에서 농사일로 바쁘니 소소한 것까지 일일이 연락해서 물어보고 할 상황은 아니었다. 옆에서 가르쳐 주는 사람이 아무도 없었다. 혼자 생각에 나는 몸이 찬 편이니 아기를 가지려면 몸을 따뜻하게 하는 것이 좋지 않을까 싶어 한의원을 찾아갔다. 진맥을 보고 한약을 지어 먹었다. 그리고 아이가 생겼다.

처음엔 임신한 줄도 모르고 직장에 계속 다녔다. 아파트를 분양받아 입주를 앞두고 있어서 한 푼이라도 더 보태야 했기에 구청 공무원 연금 매점에서 근무하고 있었다. 매출이 잘 나와서 이사님이 날 많이 아끼셨다. 이사님은 월급과 별개로 매월 다달이 보너스처럼 더 챙겨 주시곤 했다. 차곡차곡 돈이 모이는 재미가 있었다.

그러던 어느 날 몸이 이상하고 의심스러운 증상이 나타나 산부인과를 찾았다. 의사는 임신인데 유산할 수 있으니 조심하라고 했다. 조심해야 하는 것도 그렇고 몸도 안 좋아져서 직장을 그만두어야 했다. 이사님은 내가 그만둔다는 말에 만나서 이야기하자면서 나를 보러 직접 매장에 오셨다. 그때 내 얼굴 상태가 좋지 않은 걸 보고는 알았다고 하셨다. 죄송한 마음이 컸다. 오래 다니겠다고 했었기 때문이다. 사람 일은 함부로 장담하는 것이 아닌 것 같다.

아이가 생기고 나서는 똑똑한 엄마가 되기 위해 『육아 백

과사전』을 사서 보고 이런저런 내용을 나름대로 숙지해 가며 상태를 체크하고 기록했다. 혼자만의 노력이 계속 이어졌다.

'울 공주님'

내 핸드폰에 저장된 딸의 이름이다. 세상에서 제일 예쁜 딸 해진이는 2.4kg으로 태어났다. 0.4kg이 모자랐다면 인큐베이터에 들어갈 뻔했다. 잘 먹지도 못한 상태에 예정일보다 보름이나 먼저 태어났다. 빨리 세상에 나오고 싶었을까. 복잡한 세상을 뭐가 좋다고…. 혹시 엄마, 아빠를 얼른 보고 싶어서였을까? 배 속에서 계획한 딸아이만의 깜짝 이벤트였는지도 모른다.

"냉온 정수기 살 거야!"
"물 끓여 먹으면 되지, 그 비싼 정수기를 왜 사!"

냉온 정수기 사겠다고 말했다가 남편과 대판 싸우고 일주일 동안 말을 안 했다. 남편의 반대를 무릅쓰고 배짱 좋게 냉온 정수기를 사 버렸다. 아이에게 좋은 물을 먹이고 싶었다.

내가 낳았다는 게 믿기지 않을 정도로 신기하고 천사같이 예쁘고 소중한 우리 딸에게 가장 좋은 물을 먹이고 싶었다.

"1996년 9월 20일
해진의 아랫니가 2개 나왔다.
무언가를 잡고 일어서는 단계.
너~무 귀엽고 예쁘다."

큰딸 키우면서 쓴 '육아 일기'의 내용이다. 내가 책을 쓴다니까 큰딸이 자기가 보관하고 있던 육아 일기를 가져다주었다. 다시 보니 감회가 새로웠다.

나는 아이들이 배 속에 있을 때부터 태어나 자라는 과정을 쓴 육아 일기를 아이들이 큰 다음에 전해 줬다. 아이 키울 때 참고하라는 의미였다. 나는 혼자 좌충우돌하며 낳고 키웠지만, 아이들은 내 경험에서부터 시작하면 도움이 되지 않을까 하는 마음이었다.

큰딸은 그것을 읽으며 눈물이 났다고 한다. 속 깊은 딸, 대견하고 고맙다.

아이들에 대한 내 정성은 좀 유별났다. 몰랐기 때문일 수도 있다. 냉온 정수기 들여놓은 것도 그렇지만 오렌지, 토마토, 바나나, 사과, 수박 등 과일을 일일이 즙을 내서 이유식을 만들어 먹였다. 정서 발달에 좋을까 해서 클래식도 많이 들려주었다. 나와 신랑은 음악을 좋아해서 당시 I 브랜드의 큰 전축이 집에 있었다. 스피커도 좋아서 소리가 훌륭했다. 큰딸에게는 음악을 정말 많이 들려줬다.

나는 조카를 많이 봐준 덕에 아이들 키우는 것이 조금은 수월했다. 아이 안는 법, 우유 먹고 나서 트림시키는 법, 목욕시키는 법 등 자주 했었기 때문에 낯설지 않았다.

큰딸과 작은딸은 11개월 차이밖에 안 난다. 쌍둥이 키우는 것처럼 힘들었지만 둘은 함께 커서 그런지 지금도 친구처럼 서로 의지하며 잘 지낸다.

우리 큰딸은 항상 "못해! 어려워!"라고 말한다. "해진! 안 해 본거니 당연히 힘들지~ 해보지도 않고 힘들다 하면 어떻게 해. 그래서 성공한 분들의 책들은 꼭 읽어봐야 해! 현대그

룹 고 정주영 회장님은 '불가능하다고? 해보긴 해 봤어?'라고
했어. 해보지도 않고 판단하는 것은 아닌 것 같아. 일단 해보
고 아니면 정리하는 거지." 이런 이야기들을 나누곤 한다.

어느 날 갑자기 해진이는 집 밖으로 나가지 않았다. 그러
더니 6년 동안을 꼬박 집 안에만 있었다. 지금도 그 이유를
모른다. 내 평생 그렇게 많이 울어 본 적이 없다. 전생에 무
슨 죄를 그토록 많이 지었길래 나에게 이런 시련을 주실까
하며 펑펑 울었다.

모든 게 시간이 지나야 하는 것 같다. 이 또한 지나가리라
하며 지낼 수밖에 없었다. 어쩌면 나는 기다려 주기, 참아 주
기, 바라봐 주기, 들어 주기 다 부족했던 것 같다. 아마 우리
딸에게 자기만의 세계가 필요했으리라 생각한다.

그 시간을 '6년간의 수행 길'이라고 표현하고 싶다. 언젠가
는 나에게 이야기해 줄 수 있을 때가 오겠지. 건강하고 지금
까지 아무 일 없이 예쁘게 잘 자라 줘서 고맙고 학교도 잘 다
녀 줘서 사랑스러울 뿐이다.

아픈 만큼 더 애틋한 작은딸

◆

1997년 1월 21일, 오후.

둘째 딸 아진이가 태어났다. 다른 아이보다 유난히 더 힘들고 아프게 낳았다. 큰아이를 가졌을 때 물도 못 먹을 정도로 입덧이 심해서 병원에 가서 링거를 수시로 맞았다. 큰아이를 낳고 나서는 좀 쉬고 싶었다. 그런데 사랑스러운 낭군님께서 어차피 둘은 낳아야지 해서 둘째가 생겼다. 역시 입덧이 너무 심했는데 유명한 한약방에 가서 입덧 안 하는 한약을 지어 왔다. 한약을 먹었더니 신기하게도 입덧이 사라졌다. 진작 먹을걸.

태어나서 6개월인가 혼자 앉을 수 있을 무렵 큰 사고가 났다. 욕조에 물을 채우고 두 딸은 샤워기를 가지고 놀고 있었다. 그런데 갑자기 아무 소리가 안 들렸다. 부리나케 욕실에 들어가 보니 둘째가 엎어져서 둥둥 떠 있었다. 하늘이 하얬다. 너무 놀라 아무 생각도 나지 않았다.

다행히 119는 떠올라 바로 전화를 했고 출동한 119 요원들이 신속하게 병원으로 옮겼지만, 의사는 가망이 없고 살아도 정상은 안 될 거라는 청천벽력 같은 말을 했다. 너무 놀란 나는 온몸이 굳어 오고 모든 기능이 제대로 안 되기 시작했다. 불안하고 간절한 긴긴밤이 지났다.

다음 날, 결과를 보던 의사가 신기하다며 살아날 것 같다고 했다. 내가 5분만 늦게 신고했으면 아마 살아나지 못했을 것이라고도 했다.

그런 위기를 겪고 지금은 건강하게 키도 크고 미인으로 자라 준 우리 딸. 고맙고 정말 사랑한다. 보면 볼수록 뿌듯하고 미소가 지어진다.

2년 전 내가 어깨를 수술하고 소염진통제를 1년이나 주사와 약으로 달고 살 때 몸이 많이 안 좋았다. 30년 넘게 아이들한테 화를 잘 안 내던 내가 작은딸과 심한 말을 하며 싸운 적이 있다. 절제도 안 되고 입에 담지 못할 충격적인 말들에 우리 둘째 딸이 상처가 컸을 텐데 아직도 엄마는 사과를 못했다. 어른한테 바락바락 대드는 딸의 태도에 화가 났다. 그때는 엄마, 아버지가 거의 한꺼번에 돌아가신 데다 나도 몸 상태가 좋지 않아 예민해져 있었다.

지금이라도 예쁘고 자상한 딸에게 용서를 구하고 싶다.

"딸, 미안해. 엄마를 용서해 줄 수 있겠니?"

'우리 집 대들보 같은 둘째 딸.'

딸인데 예쁘고 아름다운 말이 아니고 이렇게 표현하니 좀 미안한 마음이다. 내 핸드폰에 저장된 이름은 '마이다스 손'이다. 그리스 로마 신화에 나오는 인물 '마이다스'. 만지는 것마다 황금으로 만들었다는 인물이다. 요즘은 어떤 분야에 뛰어난 재능과 성과를 내는 사람을 말할 때 사용하기도 한다.

크게 될 인물임을 인정한다. 매력적이다. 둘째 딸은 또 한 가지, 민들레꽃에 비유하고 싶다. 내 딸이지만 정말 옆에 있어 줘서 행복하고 감사하다. 내가 없을 때 언니, 동생을 다 돌봐 준 든든한 친구 같은 딸이다.

밟아도 밟아도 다시 일어나는 강한 힘이 있는 민들레 같은 친구다. 똑 부러지게 무엇이든 할 수 있는 아이, 항상 고맙고 미안하다.

"우리 예쁜 딸 아진아, 너만의 강한 색깔이 있다는 것은 나쁜 게 아니란다."

"세상은 재미있는 곳이란다.

우리는 남들에게 이기거나 지려고 태어난 게 아니야.

내 몫만큼 즐겁게 살려고 온 것이지!"

- 한상복, 『재미』 -

하늘 구름

이윤성

하늘에 뜬 구름이 예쁩니다.
흰 눈꽃 송이처럼 뜬구름
목화솜처럼 뜬구름
솜사탕처럼 뜬구름
당신을 만나러 가는 길에 하늘 위에 몽글몽글 뜬구름
어느덧 가을인 듯 잠자리 떼가 날아다니며
파아란 가을 하늘처럼 높이 떠 있는
구름을 보며
당신을 만나러 가는 길이 설렙니다.

2015년, 대관령에서

월드컵 8강이, 아들 이야기

✦

"대~한민국! 짜짜짜~ 짝짝! 오~ 필승 코리아! 오오오오오."

2002년 월드컵, 대한민국과 이탈리아와의 16강전!

연장 후반, 안정환의 멋진 슛이 이탈리아 골문을 가르며 8강 진출을 확정 지은 그날은 밤새 모든 도로가 시끌벅적했다. 승리의 감격 속에 서로 부둥켜안고 밤새 폭죽을 터뜨리며 월드컵 최초 8강 진출의 기쁨을 온 국민이 즐겼다. 우리 아들은 바로 그날 밤에 태어났다. 든든하고 잘생긴 멋쟁이 우엽이. 새벽 00시 09분, 운 좋게 온 국민의 환호를 받으며 태어난 셈이다.

엄마랑 안성에서 식당을 운영하던 중이었다. 점심시간이

✦ ✦ ✦

끝날 무렵 진통이 시작된 나는 다음 날 장사할 준비를 다 해 놓고 두 번 출산 경험으로 여유롭게 아이 낳으러 병원으로 향했다. 그런데 병원 도착하고 입원하자마자 격렬한 진통이 시작되었다. 아파 죽겠는데 원장님은 월드컵 16강전을 보고 와야 한다면서 나갔다. 아마 아직 나올 때는 아니라고 판단한 것 같다.

경기가 끝나고 한참 뒤에 들어온 원장님은 내 상태를 진찰해 보고는 "자, 아기 낳읍시다." 하며 "우리나라가 8강에 진출했어요. 요 녀석 팔강이네요. 조팔강!"이라고 이름을 붙여 주었다.

아들이 태어나자 가족 친지들 모두 좋아하며 축하해 주었다. 우리 아버지가 친손주도 안 업어 주셨는데 외손주를 업어 주셨다. 경사스러운 일이라며 너무 좋아하셨다. 나나 언니가 시집을 갔는데 딸만 둘씩 낳아 사돈댁에 면목이 없으셨나 보다. 고놈의 아들이 뭔지! 덕분에 아들은 왕자님, 귀공자님 대우를 받으며 외할머니, 외할아버지께서 떠받들며 키워 주셨다.

나는 출산하고 바로 퇴원해서 쉬지도 못하고 일을 해야 했는데 다행히 아이가 많이 도와줬다. 바쁠 땐 자고 한가할 땐 깨서 놀았다. 손이 별로 안 가는 아이였다.

마냥 아기일 것만 같던 아들도 어느덧 장성해서 군대도 다녀오고 어른이 되었다. 군대 갔을 때 훈련병인 아들을 만나러 갔다. 수료식에서 오랜만에 본 아들의 모습에 눈물도 났지만 우렁찬 목소리와 멋지고 늠름한 모습이 너무 자랑스러웠다. 구릿빛 피부의 멋진 남자가 되어 가는 모습에 뿌듯했다! 내가 만들어 낸 울 아들 정말 사랑한다.

어느 날 저녁 아들이랑 단둘이 앉았다. 식탁에서 맥주 한 잔을 하며 이런저런 이야기를 했다.

"엄마, 지금은 엄마, 아빠가 있어서 걱정이 없는데 엄마, 아빠가 없으면 난 어떻게 살지?"

"엄마, 아빠랑은 사랑해서 결혼했어?"

"그럼. 사랑했으니 너희들 낳고 열심히 사는 거지!"

"삶이 다 그런 거야."

"우리 아들도 사랑하는 사람 만나서 예쁘게 살면 돼."

이렇게 말해 놓고 별생각 없이 하루를 보냈는데 가만 생각
해 보니 걱정이 되었다.

'우리 아들이 생각이 많구나.'

그래서 아들에게 편지를 썼다.

"이렇게 우리 아들이 어느덧 다 자라서 성인이 되었는데

엄마랑 대화할 기회도 없고 많이 힘들구나!

사람은 다 힘들어. 말을 안 할 뿐이지.

하고 싶은 거 하기 위해 열심히 사는 거야.

아들도 잘 살 수 있어.

열심히 살다 보면 돈도 벌고 행복한 가정도 꾸미고 사는

거지!

때로는 예쁘고 사랑스러운 만남을 위해,

때로는 '목표와 꿈'을 향해 사는 거야!

방탕한 삶을 살다 보면 폐인이 되겠지.

술 마시고 노는 것을 좋아한다고 해서 그런 것만 하고 살수는 없지.

갑부집 금수저로 태어났으면 그렇게 살아도 되겠지만….

엄마는 부유한 집에서 태어났어도 열심히 살았을 것 같아.

내가 선택한 것에 최선을 다하는 사람.

나와 가족을 지키고 멋지게 꾸며 가며 사는 게 인생 아닐까.

지금은 잘 안 보이고 불안해도 세월이 지나면 하나씩 이뤄지겠지, 뭐.

그런 생각으로 오늘도 열심히 사는 거야.

엄마의 목표는 올해 작가가 되는 거야.

책 쓰고 이사도 해야 하고 바쁘다.

울 아들도 대견스럽고 건강하게 자라 줘서 고마워!

오늘도 힘내자!

울 아들은 잘 이겨 나갈 거야."

– 사랑하는 엄마가 –

나이기에

이윤성

나이기에 나를 바라본다.
나이기에 창밖에 푸릇푸릇한
나뭇잎들을 바라본다.
나이기에 온갖 세상을 바라본다.
나이기에 참을 수 없이 아팠던 나를 바라본다.
나이기에 저 멀리서 너를 바라본다.
나이기에 나를 바라본다.

나의 오빠 바오로

✦

안성 큰오빠(바오로)네 집에 들렀다. 아무 말 없이 가기도 했지만 모두 외출했는지 아무도 없었다. 물론 오빠는 당연히 없다.

'이젠 아무도 없다.'라는 생각에 난 아직도 기운이 없고 힘이 부친다. 오빠 없는 오빠네서 잠을 청했다. 장마인지 비가 종일 많이 내렸다. 단독주택이라 빗소리도 유독 크게 들린다. 새벽녘까지 잠이 오지 않았다. 엎치락뒤치락하며 밤새 편치 않았다.

아직도 실감이 안 난다. 하늘로 떠난 큰오빠가 여전히 곁에 있다는 생각이 든다.

57

나와 큰오빠의 이야기는 내가 서울에 취직이 되어 함께 살면서부터 시작된다. 어렸을 때는 나이 차이가 크게 나서 별로 기억 나는 사건이 없다. 나를 끔찍이 예뻐했던 기억뿐.

잘난척쟁이 작은오빠랑 싸울 때면 큰오빠는 작은오빠를 나무랐다. 동생 구박하지 말라며 내 편을 들어 줬다.

큰오빠는 어른이 되고 사회생활을 하게 되면서 자주 교류하게 된 거지 항상 어려운 존재였다. 확실히 성인이 되면 동급이 되는 것 같다. 인생의 선후배 사이. 사회라는 같은 바탕에서 활동하니 그렇게 된다는 생각이 든다.

각자의 인생이지만 큰오빠는 너무 하는 게 많고 바빴다. 사회 활동이며, 성당 일이며, 자기 사업체도 몇 개씩이나 운영했다. 대학교수도 했다. 정신없이 살았다. 그러면서도 나를 항상 챙겼다. 성인이 된 이후 경험한 모든 세상에 언제나 오빠가 있었다. 직장에도 사업체에도 집에도 어디에나 나보다 나를 먼저 생각하는 오빠가 존재했다.

그 큰오빠가 이젠 곁에 없다. 돌아오지 않을 곳으로 멀리 떠났다.

'큰오빠,

큰오빠는 꽃도 피고 그렇게 좋은 날 3월에 가셨네….

삶이 그래요.

아둥바둥 발버둥 치며 살 필요 없는 거 같아.

어차피 빈 몸으로 왔다가 빈 몸으로 가는 인생인데….

사람들은 욕심 때문에 그렇게 사는 것 같아.

나부터도….

이젠 적당히 하고 살아야지….

재미나게 건강 챙기면서 내가 하고 싶은 거 하고 살려고!'

오빠가 떠난 날, 장례식 도중 너무 힘들었다. 조문객을 일일이 응대하지 못할 정도가 되어 병원에서 링거를 맞았다. 간신히 기운을 차리고 일어나긴 했지만, 가슴에 켜켜이 쌓인 슬픔을 너무 억눌렀는지 말이 나오질 않았다. 한 달 동안이나 그랬다. 영원히 말을 못 하게 되면 어떡하나 하는 생각에 문득 두렵기도 했다. 뼛속까지 그렇게 아프더니….

큰오빠는 나에게 수호천사 같은 존재였다. 나를 살게끔 이끌어 주었고 내 마음의 지주 역할을 해 주었다.

나에 대한 모든 걸 누군가에게 아무리 설명하고 이해시키려 애써도 내 마음을 알아주는 이가 몇이나 될까. 그저 나만 속상하고 답답할 뿐 아닐까. 그래서 나는 말 못 할 마음을 오빠와 친정 가족에게 의지했었나 보다. 모두 떠나고 나서 내가 이렇게 힘든 걸 보니….

'큰오빠, 너무 일찍 허망하게 못 버티고 가서서 마음이 한참 아프겠지만 나는 잘 버티려고요. 엄마(마리아), 아버지(요셉) 때보다 내가 몸이 아주 힘드네요. 진정한 승리의 삶을 살다가, 가는 날까지 꼿꼿하게 웃으며 떠난 큰오빠(바오로)로 기억하겠습니다.'

큰오빠가 기르던 물고기 구피가 새끼를 낳았다. 큰오빠가 혹 물고기 구피로 다시 태어난 건 아닐까 싶어 하루를 보내면서 서울로 올라오는 길에 눈물이 그리 흘렀다. 올라오면서 구피도 몇 마리 모셔 왔다. 잘 보호하고 잘 키워 봐야겠다.

가장 소중한 세 명을 비슷한 시기에 모두 잃는 아픔을 겪고 '그래, 누구나 가는 건데 좀 더 일찍 가셨을 뿐.' 하면서 또 한 번 위로해 본다. 나 혼자 나를 위로해 본다.

정말 열심히 살다 가셨는데 큰오빠가 못다 한 삶을 내가 대신해서 무언가를 조금이라도 남겨 보고 싶다.

나름대로 계획을 세워 여태까지 열심히 살아왔지만, 또 다른 계획을 세우려고 한다.

첫 번째로 가족 여행을 시간 나는 대로 가야겠다는 것. 가까운 곳부터라도 시작을 해야겠다!

아이들 어렸을 때는 그래도 가끔은 여행을 갔는데 좀 머리가 커 버리니 각자의 시간과 일정으로 함께 여행 갈 계획을 잡기 힘들어진다. 하지만 지금 떠나지 않으면 영원한 후회가 남을 걸 알기에 꿈을 향해 방향을 돌려 본다.

또 한 가지는 글을 쓰는 것이다. 중학교 때 친하게 지냈던 친구, 현미가 그랬다.

"우리 윤성인 문학소녀가 될 거야."

연애편지도 대신 써 주고 학교에서 군인 아저씨들에게 보내는 위문편지도 많이 썼다. 뭔가를 계속 쓰고 싶었다. 펜팔도 많이 했다. 그렇게 글을 쓰고 싶은 욕망을 해소했다.

이제 다시 글을 쓴다. 이 글이 모여 추억도 되고 기념도 되고 책도 될 것이다. 잊고 지내던 나의 꿈을 향해 다시 방향을 잡는다. 어쩌면 인생이란 하고 싶은 걸 하라고 주어지는 시간 아닐까. 얼마를 벌고 얼마나 풍족하게 살고 하는 것보다 내가 진짜로 하고 싶은 것을 해 보도록 허락되는 시간, 그것이 인생 아닐까 하는 생각이 든다.

"이 세상에서 제일 중요한 것은 내가 어디에 있느냐가 아니라 어느 쪽을 향해 가고 있는가를 파악하는 일이다."

- 올리버 웬들 홈스 -

당신을 만나러 가는 길에 하늘 위에 몽글몽글 뜬구름
어느덧 가을인 듯 잠자리 떼가 날아다니며
파아란 가을 하늘처럼 높이 떠 있는
구름을 보며
당신을 만나러 가는 길이 설렙니다.

- 「하늘 구름」 중에서

2

살다

✦

✦

✦

인생은 언제나 오르막.

오늘도 열심히 살아갈 뿐

나에 대한 멋진 도전, 졸업장

✦

이상한 꿈을 꾸었다. 꿈에서 깨어 눈을 뜨는 순간 남편에게 전화가 걸려 왔다. 전화 소리에 깼는지도 모른다.

"아버지가 폐암 말기시래."
'아…'

얼마 안 있다가 이번엔 엄마가 뇌출혈로 쓰러지셨다는 소식이 왔다.

'이게 무슨 일인가!'

놀란 가슴은 진정되지 않았고 무서웠다. 나이가 들면 아플

확률이 더 높긴 하겠지만 이런 일들이 나에게 닥칠 거라고는 생각도 하지 못했다. 당연히 준비도 안 되어 있었다. 가족도 그렇지만 당사자도 마찬가지 아닐까.

머지않아 나에게도 일어날 일이었다. 오는 순서는 있어도 가는 순서는 없다는데…. 마음이 급해졌다. 아무것도 해 놓은 것이 없는데 허망하게 떠날 수는 없었다. 나를 위해 뭔가 투자를 해야겠다고 생각했다.

학창 시절 나는 공부를 열심히 해 본 적이 없다. 친구들이 좋고 노는 것이 좋았다. 성인이 되고 나니 공부에 대한 갈증이 생겼다. 모든 것은 다 때가 있다고 하는데 나에게는 그때가 공부할 때였을까? 대학 캠퍼스를 밟아 보고 싶었다. 남은 시간이 길지 않을지도 모른다는 생각도 공부에 대한 열정을 부추겼다. 바로 야간대학에 등록했다.

새벽에 일어나 7시에 강남으로 출근을 했고, 밤에는 매일매일 학교에 다녔다. 시간과 여건이 허락되지 않아 시간을 잘게 잘게 쪼개고 자투리 시간까지 철저하게 활용했다. 너무 힘들었지만, 공부는 나에게 숨통을 틔워 주는 것 같았다. 한 시간 한 시간 힘들게 살아 내야 하는 게 오히려 감사했다. 나를 새로운 세상에 있게 했다.

주먹구구로 사업체를 운영할 수는 있었지만, 이론적인 배경이 없으니 제대로 가고 있는 건지 스스로 확신할 수 없었다. 그래서 경영학과를 선택했다. 실무를 알차게 배워서 잘 써먹어야지 하는 생각으로 시작했지만 한 학기가 끝나고 1년이 지나도 이론적인 공부에서 벗어나지 않았다. 나이가 있어 강의 내용조차 다 받아들이기가 어려웠다.

그래도 뭔가를 배우고 지식을 얻겠지 하고 정말 빠지지 않고 열심히 학교에 갔다. 동기들이 딸, 아들뻘 된다. 다들 예쁘고 착했다. 지금도 가끔 연락하지만 즐겁고 도움이 많이 되었고 2년 넘게 학교생활을 함께해서 정도 많이 들었다. 특히 내 짝꿍이었던 민경이가 기억이 많이 난다. 항상 옆에서 나를 잘 챙겨 주었고 과 대표인 멋진 친구 태원이, 내 좌청룡 우백호였던 ○○이, ○○이, 예쁜 수하, 얌전하고 야물딱진 고운이. 다들 잘살고 있겠지만 그 시절이 그립다.

4년제로 입학했지만, 중도에 여러 일이 겹치게 되고 경제적으로도 힘들어서 3학년 1학기만 다니고 포기해야 했다. 그런데 학교에서는 2년 과정을 인정해 졸업장을 보내 줬다. 케이스에 들어 있는 졸업장, 똑같은 졸업장이지만 내 눈에는 반짝반짝 빛나는 보물처럼 보였다. 나 자신과 싸우면서 스스로 얻어 낸 귀한 졸업장이었다. 나는 무엇을 해도 늦은 때란 없다는 것과 언제든 다시 시작할 수 있다는 너무 소중한 교훈을 얻었다.

직장 다니면서 밤에 공부한다는 게 쉽지 않았다. 지금 다시 하라고 하면 못 할지도 모른다. 운도 따라 준 것 같다. 그래서 항상 감사하는 마음으로 산다.

졸업할 무렵, 시아버님은 결국 암 투병을 하시다 돌아가셨다. 정말 왜 그리 힘들게 일만 하고 사셨을까 하는 생각이 들었다. 오로지 당신만을 위해서 사신 적은 없으셨다.

아버님은 이미 돌아가실 것을 아셨는지 이것저것 생활에 대한 것, 사업에 대한 것들을 잘 정리해 놓으셨다. 그 노트를 나중에 발견했다. 눈물이 쏟아졌다. 하나하나 오로지 자식과

손주들을 위해 기록해 놓은 것이었다.

그러면서 왜 본인에게는 투자를 못 하셨을까? 속이 상했
다. 나라도 좀 모시고 여행이라도 다녀 볼걸 하는 아쉬움이
들었다.

1년이 지나 우리 아버지가 돌아가시고, 엄마도 3개월 후에
가셨다. 엄마는 요양병원에 6년을 계시는 바람에 마지막 추
억을 쌓은 시간이 없었다. 서로 사랑한다는 말을 전할 뿐이
었다.

그래도 아버지는 일주일 내가 모시면서 마지막 영화도 봤
다. 송강호가 주연인 〈택시운전사〉였다. 팝콘과 사이다를 드
시면서 영화 속에서 총소리가 나면 "무서워, 무서워." 하시면
서 끝까지 함께 봤다.

어렸을 때 술에 취해 들어오셔서 내 볼에 얼굴을 부비시며
뽀뽀를 하시던 아버지. 술 냄새와 따가운 수염이 싫어서 잠
결에 저리 가라고 했었는데 살고 보니 아버지의 사랑 표현이
었다는 생각이 들었다. 언제나 후회는 뒤늦을 뿐이다. "아버
지, 사랑합니다."

내 친구 채연이가 나의 일을 배우기 위해 몇 달인가 함께 했을 때 나에게 했던 말이 생각난다.

"네 주위에는 사람들이 다 착하고 좋아."

내 주변 사람들에게 나도 착하고 좋은 사람으로 기억되기를 바란다.

인생을 한마디로 표현하라면 '아쉬움'이 아닐까.
아쉬움 없이 인생을 마칠 수 있을까? 그럴 수 없겠지만 최대한 나를 위한 나의 인생을 살아 보려고 한다.
여러 좋지 않은 상황에서도 대학 졸업장을 받았다는 게 나에 대한 멋진 도전이었다는 생각에 스스로 뿌듯하고 대견하다. 나를 발전시킬 수 있는 도전은 아름다운 것이다.
졸업장으로 시작된 나를 위한 시간. 나는 그 기분과 열정으로 오늘도 도전한다.

오류동 빌라

✦

"야, 서울에 취직 자리가 생겼는데 언제 면접 보러 올래?"

언니한테 연락이 왔지만 난 별로 가고 싶지 않아 머뭇거렸
다. 언니는 재촉했다.

"그럼 시골서 뭐 할 건데?"

시내를 버스 타고 나가거나 한 적도 없는 나로서는 서울에
간다는 게 사실 두려웠다. 졸업하고 엄마랑 이렇게 있다가
결혼하고 살면 되겠지 싶었다. 엄마는 취직해서 부지런히 결
혼자금 마련해서 시집가야 한다고 누누이 말씀하시긴 했다.

'누가 취직 안 한다고 그랬나.'

취직은 할 것이었다. 그렇다고 서울로 취직하러 간다는 것은 계획에 없었다. 그냥 늘 살던 그곳에서, 익숙한 그 땅에서 뭘 해도 하고 싶었다.

학교에선 취업을 하면 학교를 안 가도 결석으로 안 쳤다. 상고라서 친구들 중 3분의 1은 이미 취직을 해서 학교에 나오지 않는 상태였다. 사실 학교 가는 것도 좀 편치는 않았다.

'그래, 이왕 면접도 잡혔는데 한번 가 보자. 서울 사람 되는 것도 딱히 나쁘지는 않잖아.'

큰 결심을 하고 언니가 추천해 준 회사로 갔다. 면접을 보고 바로 출근하게 되었다.

1987년, 나는 졸업도 하기 전에 서울로 취업이 되어 올라왔다. 본격적인 서울 생활이 시작되는 것이었다. 서울이 처음은 아니지만 어렸을 때 와 보고 성인이 되어서 혼자 올라오기는 처음이었다. 어안이 벙벙하고 설렜다. 그런데 너무 좋았다.

넓은 서울에서 살아 보니 『세계는 넓고 할 일은 많다』라는 책 제목이 맞는 말이라는 걸 알았다. 큰 세상에서 살아 볼 필요가 있었다. 시골에서는 보는 시야가 적어서 한계가 있다. 이런 데서 태어나 자랐으면 더 좋았을걸 하는 생각도 했다.

서울에 올라오는 순간 내 세상 같았다. 두려움 같은 건 감쪽같이 사라져 버렸다. 나는 이런 세상을 왜 이제야 왔을까 하는 마음만 있었다.

언니를 만나 언니, 오빠가 사는 집으로 갔다. 오류동 성신빌라였나? 이름은 정확하지 않다. 20평 남짓한 방 3개, 화장실 1개짜리 집이었다. 우리는 작은방 하나를 썼다. 세 식구가 방 하나에 살려니 불편하기는 했지만, 그 시절에는 그 집도 감지덕지했다. 좁은 방에 함께 살면서 나이 차이 때문에 썩 친하지 않던 큰오빠와도 많이 가까워졌다.

방 옆 베란다에 수도 하나가 있었는데 출근 시간이 맞물리면 우리는 거기를 사용했다. 주인집은 애들하고 집주인 부부와 삼촌까지 네 식구, 우리까지 7명이 한집에 복닥복닥 살았다.

처음 집 계약할 때 오빠, 언니랑 둘이 산다고만 했는데 자꾸자꾸 동생이 하나둘씩 오니 집주인이 몹시 못마땅해했다.

작은오빠도 군대 가기 전에 와서 잠시 함께 살았기 때문이다. 늦게라도 들어가기라도 하는 날엔 무슨 죄라도 지은 듯 도둑고양이처럼 살금살금 문을 두드리고 들어가야 했다.

첫 출근 당시 서울 버스를 처음 타 본 나는 버스 기사가 급정거를 하면서 중심을 잡지 못해 어떤 낯선 모르는 남자 무릎에 털썩 앉기도 했다. 나는 어려서부터 몸이 비실비실 약했다. 그래도 직장 생활은 죽어도 회사에 뼈를 묻겠다는 각오로 열심히 하루도 빠지지 않고 다녔다. 직장 생활을 하면서 내가 책임감이 강한 사람이라는 것을 알게 되었다. 뭐든 업무를 주면 남들한테 싫은 소리 듣기 싫어서라도 열심히 했다.

하루는 큰오빠가 코도 많이 골고 씻을 때 꽥꽥 소리를 낸다고 집주인이 주의를 줬다. 경고였다. 그런데 오빠는 고분고분한 사람이 아니었다. 그런 면은 나와 비슷하다. 우리는 그래서 잘 맞았다. 스스로 그런 말을 들으면서 살아야 한다는 걸 받아들이지 못했다.

오빠는 굳은 결심을 한 얼굴로 나가더니 편도선 수술을 하고 왔다. 남자로서 가진 게 없다는 것에 자존심도 상했고 내 돈 내고 내가 사는데 눈치를 보고 사니 화도 났을 것이다. 나도 화가 났다.

오빠는 편도선 수술이 끝이 아니었다. 얼마 후 모아 놓았던 돈에 담보대출을 받아 2,800만 원짜리 오류동 길훈아파트를 사 버렸다. 연탄을 때는 집이긴 했지만, 빌라가 아니고 아파트였다. 서울에서 산 우리의 첫 집이었다. 빌라 주인의 잔소리가 꼭 나쁜 것만은 아니었다.

우리 셋은 입주하기 전에 청소를 깔끔하게 했다. 감격스러웠다. 연탄을 때야 하니 불을 꺼뜨리지 않는 게 중요했다. 집은 4층이었는데 연탄 아궁이는 지하에 있었다. 퇴근길에 한 번씩 꼭 확인을 하고 올라갔다. 지금 생각하면 말도 안 되는 이야기 같지만, 그때 그 시절 아파트는 그랬다. 지하에서 4층까지 5층을 오르락내리락했지만 힘든 줄도 몰랐다.

오빠 덕에 나는 편하게 서울 생활을 했다. 언제나 고마웠다. 그 마음이 지금까지 변하지 않는다. 형제간에 싸우고 재판도 하는 집이 있다고들 한다. 우리는 그러지 않는다. 오빠를 비롯해서 모두 서로 존중해서 그런 것 아닌가 한다.

그래서 "피는 물보다 진하다."라는 격언이 우리에게는 딱 맞았다. "뭉쳐야 산다."라는 말도 마찬가지다.

그 근처를 지나가다 보면 그때가 생각이 난다. 아파트는 리모델링되긴 했지만, 옛날 그 자리에 아직도 그대로 있다. 나는 지금도 구로구에 산다. 그래서 나는 구로구 오류동이 제2의 고향이 되는 셈이다.

시골에서 부모님은 너무 좋아하셨다. 아들이 서울 가서 직장 생활을 하며 서울에 아파트를 샀으니 얼마나 대견스럽고 자랑스러울까. 오빠는 나름 빨리 자리를 잡아 성공했다고 볼 수 있겠다. 거기서 결혼도 하고 조카들도 낳고 그 자녀들도 잘 커서 잘살고 있으니 평범한 삶의 성공이다.

아버지는 너무 좋으신지 술 한잔 드시면 택시를 불러 타시고 서울까지 오신 적도 꽤 있다. 택시비도 아깝지 않을 정도로 손주들이 보고 싶으셨나 생각된다. 그때 안성 시골에서 서울까지 오는 택시비는 내 한 달 월급과 맞먹는 큰돈이었다.

그래도 오류동 빌라는 특별하다. 그 좁은 방에서 형제 넷이서 먹고 자며 함께 살았던 처음이자 마지막 장소였다. 다시 하기도 힘들고 하라고 해도 하지 않을 테지만 가슴속에 잊지 못할 추억으로 남아 있는 우리만의 공간이다.

첫 만남은 인연, 내 옆에 남으면 운명

◆

내가 결정한 것이나 선택이 꼭 정답일까?

사람마다 생각이 다르므로 꼭 정답이라고 할 수 없는 것 같다.

동그라미, 세모, 네모가 있듯이 요런 사람, 저런 사람, 별난 사람, 이런 사람도 있다.

각자의 색깔이 있는 거다. 색깔도 빨강, 노랑, 파랑이 있듯이 말이다.

표현 방식도 자신만의 색깔에 따라 제각각 다 다르다.

인생에서 정리와 정돈은 필수적인 요소이다. 꼭 물리적인 공간만을 말하는 것은 아니다. 마음의 정리도 필요하며, 과거의 오류를 깨닫는 것과 개인적인 가치의 차이가 있다는 것을 아는 것도 중요하다.

시간은 우리가 가진 가장 소중한 자원이다. 유용하게 사용하면 가치가 있고, 낭비하면 영원히 돌아오지 않는 것. 매일의 활동을 돌아보고, 중요한 것들에 집중하며, 의미 없는 일을 줄여 가야 한다.

어제, 오늘 몸이 너무 힘들었다. 이유는 모르겠다. 무엇 때문일까? 알 수가 없다.

정답은 없는데 정답을 찾으려 하니 힘들다. 착하게, 예쁘게, 열심히 살다 보면 정답도 있겠지.

난 4년째 아이 돌보미 선생님을 하고 있다. 노후에는 뭐라도 해야 하지 않을까 생각하다가 무엇이든 스펙을 쌓아 놓아야 할 것 같아서 시작했다. 하고 보니 아이들이 예쁘다.

나는 웬만하면 밤에는 안 나간다. 가끔 돌보는 아이 엄마께서 일이 있을 때만 일주일에 한두 번씩 봐주러 나간다. 어제는 밤 9시까지 봐주고 돌아왔다. 밤길이라 무서울 수도 있겠지만 우리 동네라 무서운 생각은 안 든다.

그 길이 어제는 너무 쓸쓸해 보였다. 아침에는 운동하는 사람도 많이 보이고 활기찬 모습이다. 밤에도 둘레길 숲이 있어서 운동하는 사람도 있지만, 어제 밤길은 유난히 적막함과 쓸쓸함이 교차했다. 조용한 길을 걸으니 이런저런 생각이 떠올랐다.

모든 게 욕심에서 오는 것 같다. 욕심을 부리면 부릴수록 힘들어진다. 욕심은 솔직하지 못하게 만들고 솔직하지 않으면 주변 사람들도 모두 떠난다.

대인 관계는 함정이고 모험이다. 깊이 빠질수록 나오기 힘든 늪이다. 늪에 빠지는 중요한 이유도 욕심이다.

사랑하는 사람을 힘들게 하지 않는 것은 사랑하는 사람에 대한 예의다.

아침에 돌보는 아이들을 등교시키는데 아이들은 순수하고 예쁘고 솔직하다. 아침에 아이의 말에 감동의 눈물을 흘렸다.

"선생님께서 옆에 계셔서 든든하고 힘이 됩니다."

초등학교 3학년 아이의 말이다. 말도 잘하고 예의도 바르고 부모가 잘 키운 것도 있지만 그 녀석의 심성이 좋다. 동생도 마찬가지로 엘리트이며, 공부도 잘하고 착하다.

이렇게 반듯하게 아이를 낳아 잘 키우고 계신 아이들의 어머니가 나도 모르게 존경스러워진다.

아이의 말 한마디에 또 하루를 뿌듯한 마음으로 시작한다.

생각하는 마음이란 게 각자 다 다르므로 어렵다. 생각, 느낌, 감각의 차이가 있다.

감정은 참고 참으면 곪아 병이 된다. 그것도 누가 알아주기보다 혼자 풀어 나가야 할 숙제다.

수학 공식 풀 듯이, 알고리즘처럼 내 생각을 출력해 나가 보려 한다.

처음 만나면 인연이라 하지만 내 옆에 남아 준 사람들은 운명이다. 행복은 감사인 것 같다. 모든 행복은 감사한 마음에서 오는 것이다. 아버님, 어머니, 형제들, 내 가족들을 만나게 해 주시고 신의 선물을 주셔서 난 행복하다.

좋은 사람들을 만나다 보면 주위에 좋은 사람들이 있다. 나쁜 생각과 나쁜 사람들을 가까이하면 나쁜 것들을 스펀지처럼 빨아들여 나를 지배한다. 옛말 하나도 틀린 것 없다. 생각과 사람을 가려야 한다.

사랑한다는 말을 자주 하자. 좋은 곳만 찾아가자. 건강할 때 몸도 지켜야 한다. 아프고 난 후에 고치려고 해 봐야 이미 늦었다.

운동도 다 좋은 것만은 아닌 것 같다. 안 해 본 운동이 없다. 살아 보고 경험해 보니 나한테 맞는 운동을 찾아서 해야 효과가 있다는 것도 알게 되었다.

뭐든 찾아야 한다. 빨리 찾아서 가면 평탄한 길이지만 욕심부리다 혹은 게으름 피우다 돌고 돌아가면 그만큼 인생이 험난한 길이 된다. 이것저것 경험과 체험은 해 볼 필요가 있다. 생각의 폭이 그만큼 넓어진다.

오늘은 쉬는 날이지만 눈 떠지는 시간은 어김없다.
지인 작가님의 추천 도서인 『채식주의자』를 읽었다.

나도 오늘부터 채식주의자가 되어 볼까 하고 상추, 치커리, 쑥갓 등과 생산성 가치를 위해 주말농장으로 향한다. 난 참 단순하다. 상추와 이것저것 엄청 많이 따 왔다. 대모님도 드리고 여기저기 모두 나누어 줬다.

30분간 운동을 하며 건강을 위해, 건강하게 오래 살면서 아프지 말자고 운동을 늘려 간다. 아프면 알아주지도 않는다. 아무도. 나만 힘들 뿐! 나의 건강 관리는 각자의 몫이다.

일요일 이른 새벽, 밤새 비가 내렸다. 상추들이 쑥쑥쑥 잘 자라겠다. 내 마음도 상쾌해졌다. 주말농장 다녀와서 힐링이 되었는지, 미사도 드리고 와서 또 글을 써 내려간다.

"감사합니다.
영광이 성부와 성자와 성령께
처음과 같이
이제 와 항상 영원히.
아멘."

난 이 짧다면 짧은 기도인 '영광송'이 참 좋다.

"처음과 같이 이제 와 항상 영원히."

영광이 성부와 성자와 성령께로 돌아가되, 태초에 삼위께서 누리시던 것과 같이 지금도 그대로 영광이 있을 것이며, 또한 언제든지 마침이 없이 영원히 있어 주기를 비는 기도문이다. (영광송 54쪽)

변덕이 많은 나는 변함 없는 주를 의지한다.

2011년, 가족과 함께 제주도 성산 일출봉에서

서점, 책에 파묻히다

◆

'늘 푸른 하늘'.

길훈아파트 아래에서 큰오빠가 차려 주고 내가 4년 동안 운영했던 서점 이름이다. 책 대여도 함께 했다. 그때는 서점도 좋았지만, 책방이라고 부르는 것이 더 정겨웠다.

나는 책방에서 책 속에 파묻혀 살았다. 고향의 흙냄새 같은 묵은 책 향기가 좋았다. 읽지 않아도 내 곁에 책이 있으면 너무 행복하고 좋았다. 손님이 왔다가 그냥 가도 모를 정도였다. 책 속에서 잠을 잔 적도 많다.

책은 내 삶의 일부가 되었다. 지금도 짧게나마 시간이 날 때면 아무 때나 책을 꺼내 한 소절씩이라도 읽는 건 그때 생긴 습관이다. 나만의 서재를 그리며 작가의 꿈을 이제 오십 중반에 이루려 한다.

책방을 하면서 단골손님이라 할까? 학교가 끝나면 매일 오는 우리 책방 '죽돌이', '죽순이'들이 있었다. 아이들의 부모님도 다 알고 지냈다. 그때 인연으로 지금도 연락을 하고 지낸다. 술 한잔 먹다가 술값이 없으면 "누나, 술값 좀 내 주세요." 하고 연락이 온다. 인생의 절정기에 제일 예쁠 때 만난 이들. 그들을 생각하면 아련한 그 시절이 다시 떠오른다.

살면서 다시 만나기 싫은 인연들도 있다. 그런 인연들은 기억나지 않는다. 나에게 큰 의미가 없었을 수도 있고 본능적으로 지워 버렸을 수도 있다.

지금도 찾고 싶은 언니도 있다. 나를 극진히 챙겨 주고 친하게 지냈던 언닌데 언젠가부터 연락이 닿지 않았다. 한집에서 먹고 자며 잠시 같이 생활하기도 했던 언니다. 결혼해서도 첫 아이를 낳고까지 연락이 되었는데 무슨 이유인지 모르지만, 연락이 끊겼졌다. 많이 궁금하다.

"언니, 그립고 보고 싶어요."

우리 책방 손님이 몇천 명이 되었는데 회원 관리를 컴퓨터로 하지 않고 수기로 했다. 나는 전화 목소리만 들어도 회원 번호를 다 기억할 수 있었다.

잡지!

잡지는 또 하나의 추억을 소환하는 매개체다. 지금도 가끔 교보문고에 가서 잡지 매대를 보면 새록새록 기억이 새롭다. 『우먼센스』, 『주부생활』, 『샘터』, 『여성조선』, 『산』, 『엘르』 등 이 그때 들어오던 대표적인 잡지였는데 지금은 없어진 것도 많고 새로 나온 것들도 많다. 요즘엔 작은 서점들이 거의 없어지고 큰 서점 위주로만 운영되고 있어서 정감 어린 작은 서점의 정취가 아쉽다.

책 대여점도 사라졌는데 요즘은 책 대여를 나라 기관에서 해 준다. '지혜의 등대'라고 각 구청에서 관리 운영을 해서 필요한 건 요즘은 무료로 빌려 볼 수 있다. 이렇게 좋은 세상에 살아 있기에 더 살고 싶은 거다.

그때는 서점 아가씨 하면 인기도 많았다. 내가 주인공인 듯한 모임도 있었는데 나로 인해 결혼을 해서 잘 산다는 손님의 소식도 가끔 듣곤 한다.

책방에서 통기타 치며 노래 불러 주시던 오빠도 있었다. 아침마다 편지를 써서 서점 문 밑에 놓고 갔던 손님, 햄버거를 좋아한다고 하니 올 때마다 사 오던 손님, 뭐든 주고받으면 더 기억에 남는 것 같다. 보험 영업을 해도 마찬가지로 항상 무언가를 준다. 한국 사람은 자꾸 주고받다 보면 정이 들고 거절을 잘 못 한다. 그런 걸 또 나쁘게 이용하는 사람들도 있으니 세상에 공짜는 없다는 걸 잊지 말아야겠다.

지금도 서점이 있던 길을 지나칠 때면 그쪽을 쳐다본다. 서점은 없어졌지만, 그 공간에 자리했던 나의 추억과 인연과 책 향기는 그대로다.

서점의 인연은 또 있다. 조카 정희.

오빠는 아이를 연년생으로 낳았는데 첫 조카 정희는 세상에서 제일 예뻤다. 둘째 조카는 동우. 새언니는 동우를 돌보아야 해서 정희는 내가 책을 읽어 주며 주로 서점에서 봐주곤 했다. 나는 친구들 모임이 있거나 약속이 있을 때도 정희를 많이 데리고 다녔다. 힘든 줄도 몰랐다.

그저 예뻤다. 말도 잘 듣고, 힘들게 하지도 않았다. 내 사진에는 사랑스러운 우리 조카 정희가 꼭 옆에 있다.

서점 하는 고모가 봐서 그런지 정희도 책을 좋아했다. 친구들이 놀러 왔는데도 정희는 꼭 책을 읽었다. 그러더니 지금은 초등학교 선생님이 되었다. 든든한 신랑 현우를 만나 잘살고 있다.

꼭 내 딸인 듯 시집가던 날 너무 예쁘고 눈부시게 빛났다.

"예쁘게 잘 살아라! 우리 정희."

사정을 모르는 사람들은 시집도 안 간 처녀가 아이를 키우는 것을 보고는 나이 많은 사람하고 애를 낳는 바람에 서점을 하며 산다고 하기도 했다. 그러거나 말거나 나는 조카 기저귀도 갈아 주고 우유도 먹이고 잘 키웠다.

올케언니는 둘째 조카인 동우를 키우느라 정신이 없었다. 혼자서 하루 종일 연년생을 키우는 건 힘든 일이다. 스물 갓 넘어 아무것도 모르는 처녀가 사회생활만 하다가 시집을 왔는데 경험도 없고 하니 얼마나 힘들겠는가. 나도 키워 보니 그렇다. 올케에게는 내가 조금이나마 도움이 되지 않았을까 싶다.

오랫동안 함께했기에 조카들이 결혼하고 군대에 갈 때는 예사롭지 않았다. 부모의 마음처럼 잘 커 주고 건강히 좋은 배우자들을 만나서 사는 모습이 뿌듯했다. 내 분신 보석들이 시집을 가고 장가를 가서 아이를 낳고 사는 모습을 보면 또 한 더 행복하겠지.

함께하면 나 혼자 있을 때와는 다른 행복을 느낀다. 내가 직접 하면서 얻는 행복이 아니고 그들이 행복해하는 모습을 보면서 나도 느끼는 행복이다. 당연히 그들이 아프면 나도 아프다. 그래도 나는 함께하는 행복을 선택할 것이다.

한 번 혼자 산 적이 있다. 서점을 4년 동안 하다가 오빠가 당뇨병 때문에 안성으로 이사를 하게 되었다. 서울에는 나 홀로 남았다. 이전에 혼자 살아 본 기억은 없었다. 불안하고 무서웠다. 지금도 혼자 있는 것 좋아하지 않는다. 트라우마 가 있는 것 같다.

혼자만의 여행도 그렇다. 차를 사서 처음으로 혼자 여행을 간 적이 있었다. 그게 처음이자 마지막이었다. 여행 갔다가 차를 잃어버려서 곤욕을 치렀다. 한여름이면 그 악몽이 떠오른다. 더위에 몇 시간을 차를 찾으러 헤매다니며 얼마나 고생을 했던지…. 그때 생각했다. '나는 혼자 살 팔자는 안 되는구나.' 누군가가 항상 옆에 있는 것이 좋다.

하지만 영원히 누군가와 함께할 수는 없다. 아이들이 이젠 다 컸다. 떠나보내야 할 날이 오겠지. 계속 함께하면 좋겠지만 뜻대로 안 될 가능성이 크다. 남겨질 날을 대비해서 오늘도 주어진 하루하루를 열심히 사는 사람, 그런 사람이 되고자 한다. 가려고 하는 방향을 확실히 정해 놓고 나의 길을 가려고 한다. 목표가 없으면 살아가는 의미도 없지 않을까.

고 이어령 선생님께서 생전에 강의하며 이런 말씀을 하셨다.

"모든 사람은 천재로 태어났고, 그 사람만이 할 수 있는 일이 있는 거예요. 360명이 한 방향으로 경주하면 1등부터 360등까지 있겠지만, 내가 뛰고 싶은 방향으로 각자가 뛰면 360명이 다 1등이 될 수 있어요. 베스트 원이 될 생각을 말고, 온리 원. 하나밖에 없는 사람이 되세요."

　　정말 멋진 말씀이 아닌가! 이 말씀에 힘을 얻어 오늘도 나만의 방향을 향해 1% 더 나아가 본다.

경기도 이천시 산타클로스

✦

어느 날 오빠에게서 경기도 이천에 문구, 액세서리, 팬시 체인점을 내려고 하는데 와서 관리와 운영을 맡아 줬으면 좋겠다고 연락이 왔다. 그러면서 보증금 5,000만 원에 월세 650만 원이고 1, 2층 모두 100평 규모라고 했다. 우리 가게를 한다니 좋기는 했지만, 걱정되는 것도 사실이었다.

'대도시도 아닌데 이렇게 큰 매장을 열면 월세나 제때 낼 수 있을까?'

그러나 이왕 하는 것이니 제대로 하고 싶었다. 하나부터 열까지 배워 보기로 했다. 서울 물류창고 아르바이트부터 시작했다. 이어서 천냥하우스 아르바이트, 바코드 작업 아르바이트, 선물 포장 아르바이트 등 6개월 동안 문구 팬시점에서 하는 모든 일을 섭렵했다. 약간 자신감이 생겼다.

이천 매장 공사 현장도 가 보고 시장 조사도 했다. 거기는 B사가 장악을 하고 있었다. 문구계에서는 손에 꼽는 대형 브랜드였다. 문구점은 그 브랜드밖에 없었다. 한 번 죽 둘러보고 나는 미소 지었다.

'1년 안에는 내가 따라잡을 수 있겠다.'

이천 창전동에 서울 인사동 거리처럼 차 안 다니는 거리가 있다. 거기에 우리 매장이 들어섰다. 간판은 '산타클로스'.

개업을 앞두고 체인점 교육이 있었는데 몸이 많이 안 좋았다. 이 병원 저 병원 다녀도 병명도 모두 다르고 약을 먹어도 좋아지지 않았다. 증세가 전혀 나아지지 않아 오픈 하루 전날 링거라도 맞아 보기로 했다. 낯선 지방이라 병원을 잘 몰라 혼자 찾아다니다가 산부인과가 눈에 띄었다. 링거는 어느 병원에서나 다 놔주니 그 병원으로 들어갔다. 내 증세를 들은 원장님께서 초음파를 찍어 보자 했다. 그러더니 산부인과 쪽으로 문제가 있으니 수술을 하자고 했다. 어안이 벙벙하고 무슨 일이 일어나고 있는지도 모르는 상태에서 수술이 진행

되었다. 잠시 안정을 하고 나니 그때야 다음 날이 오픈이라
는 것이 생각났다.

"내일이 가게 오픈이라 가 봐야 하는데 괜찮을까요?"

"네, 크게 무리만 하지 않으면 일상생활에 문제는 없을 거
예요."

다음 날, 내 몸은 정상이 아니었지만 오픈은 정상적으로 했
다. 정말 힘든 줄도 모르고 열정적으로 일에 몰두했다. 장부
정리부터 서울 남대문, 동대문, 화곡동까지 거래처를 다니면
서 흥정하고 물건 떼어 오는 남자들이 할 일까지 다 했다.

친구들을 잘 만날 수 없어서 거래처를 오가며 짬짬이 만나
기도 했다. 남편도 가끔 시간이 되면 데이트 겸 시장을 함께
다닌 적도 있다. 남대문 시장에 가면 갈치조림이 유명하다.
갈치조림을 맛있게 먹어 가며 나의 일을 도와주었다. 남편은
그런 전통시장 분위기를 좋아한다. 덕분에 일과 데이트가 동
시에 해결되는 일거양득이었다.

나는 즐겁게 미친 듯이 빠져서 일을 했다. 빼빼로데이 시즌

에는 우리만의 특별한 선물을 구성해서 팔아 정말 자루로 돈을 벌었다. 점장 외 직원부터 아르바이트까지 주말이면 매장에 10명이 넘었다. 그때부터 내 머리는 하얗게 세어 버렸다.

그렇게 해서 이천에서 B사는 1년 만에 우리 산타클로스에게 밀렸다. 우리가 매출 1등을 찍었다. 짜릿함이 온몸을 돌았다.

그때 어느 정도 큰 우리 아이들도 일손이 모자랄 때는 와서 도와주곤 했다. 그래서 엄마는 이렇게 열심히 살고 있다는 것을 알고 있다. 그 또한 감사한 일이다.

하고 싶다고, 해야 한다고, 할 수 있다고 해도 안 되는 것도 있다. 때로는 해서는 안 되는 것도 있다. 지금 그때처럼 일하라 하면 자신도 없지만 할 수도 없을 것이다. 모든 것은 때가 있다. 그때의 경험이 내 마음과 몸에 남아 있다는 것이 큰 재산이다. 새로운 시작은 언제나 두렵지만, 경험이 도전하게 하고 뚜벅뚜벅 걸어가게 만드는 것 같다. 뭔가 한 가지에 성공해 본 경험은 그래서 중요하다.

"위대한 일을 할 수 없다면, 작은 일을 훌륭하게 해내세요."

- 나폴레온 힐 -

두원공대 후문 맛집

‧

‘헉.’

엄마가 침 맞으러 한의원에 가신 시간. 남녀 대학생 한 커플이 식당 안으로 들어왔다. 밥때도 아닌데 왜 지금 시간에 오는 건지…. 가슴이 방망이질 쳤지만 태연한 척 말했다.

“어서 오세요.”

“제육볶음 되나요?”

“네~”

일단 대답을 했다. ‘까짓거 한번 해 보지 뭐.’ 나는 요리를 잘하지 못하고 좋아하지도 않는다. 제육볶음? 당연히 한 번도 안 해 봤다. 엄마가 레시피를 한 번 알려 준 적이 있는데 머릿속에 떠올려 봤다.

'뭐더라? 처음에 돼지고기에 진간장 넣고 양념 넣고 기름에 볶다가 마지막에 참기름 두르고 깨 뿌려서 내는 거였어.'

돼지고기를 꺼내고 양파, 대파, 다진 마늘, 고추장, 고춧가루, 설탕을 준비했다. 양념은 적당히 하라고 했는데 젠장, 적당히가 어느 정도인지 알 수가 없었다. 팬에 기름 두르고 내용물을 넣고 볶았다. 냄새는 뭐, 나쁘지 않았다. 색깔도 그럴듯했다. 마지막 순서, 참기름이랑 깨 솔솔 뿌려서 테이블에 가져다 놓았다.

'흐흐흐, 혼자서 제육볶음을 다 하다니. 엄마 오면 자랑해야겠다.'

"여기 계산이요."

학생들이 일어났다. 부지런히 달려가서 계산하고 잘 먹었는지 궁금하고 설레는 마음으로 테이블로 갔다.

'앗, 왜 이렇게 많이 남겼지?'

한 입 먹어 봤다. 맹탕이었다.

'어, 이게 왜 이렇게 싱겁지?'

곰곰이 생각해 봤다. 맞다. 간을 안 했다. 진간장을 빠뜨린 것이다. 제일 중요한 것을 안 넣었으니 맛이 날 리가 있나. 한숨이 나왔다. 학생들에게 미안했다. 내놓기 전에 한번 맛이라도 볼걸. 후회는 소용없다. 배고픈 학생들이라 그냥 말도 못 하고 대충 먹다 갔나 보다.

나는 이후로 지금까지 제육볶음 레시피를 잊지 못한다.

두원공대 후문, 그곳에서 엄마와 나는 식당을 했다. 간판은 '동우식당'.

내가 어린 시절 학교 다닐 때 날마다 넘어 다녔던 산 위에 대학이 들어섰다. 지역의 경제와 여러 분야의 발전을 위해서 좋은 일이었다. 하지만 나는 마냥 좋지만은 않았다. 하루하루 나의 추억이 묻어 있던 산속 오솔길이 사라졌기 때문이다. 아침마다 피어오르던 꽃들, 나뭇잎 사이로 찬란하게 빛나던 햇살, 나에게 말을 걸듯 들리던 새들의 지저귐, 구멍 뻥뻥 뚫린 아슬아슬 철판 다리… 돌멩이 하나까지 정이 들었던 곳인데 모든 것이 사라졌다.

그 길이 완전히 사라지기 직전에 결혼을 앞둔 남편과 함께 걸었던 적이 있다. 남편은 싸리꽃이 하얗게 피어 있던 그 길을 걸어 우리 집에 인사를 왔었다.

그리고 얼마 후 엄청난 중장비들과 사람들이 몰려들어 건물들을 지어 올렸다. 그때 엄마는 공사장 사람들을 위해 함바식당을 하셨다. 2년쯤 지나고 두원공대 본관이 완공되면서 학교 직원들과 교수님들도 드나들기 시작했다. 식사를 하는 인원이 늘어나고부터 엄마는 두원공대 후문에 함바식당을 확장해서 정식 식당을 개업했다.

음식 솜씨가 워낙 좋으셔서 인기가 많았던 엄마는 주방에서 음식을 담당하고 나는 식당 관리를 했다. 직원은 중국인 아주머니들이 주로 근무했다. 일이 많이 바쁠 땐 추가 인원을 인력 사무실을 통해 시시때때로 불렀다.

나는 음식을 못하기 때문에 별로 중요한 사람이 아니었다. 엄마는 쉬면 안 되는 중요한 인물이었다. 아프기나 해야 하루 쉴까. 엄마는 조금 아픈 것으로는 쉬지도 않았다. 좀 아프

면 침 맞으러 한의원에 다니곤 하셨다. 나의 망한 제육볶음
은 그런 날 일어난 재앙이었다.

　엄마와 함께한 식당 6년, 정말 쉴 새 없이 바빴다. 그때 너
무 힘들어서 지금도 식당에서 일하시는 분들을 볼 땐 안쓰럽
기도 하고 동병상련의 아픔을 느끼기도 한다. 가까운 사람이
식당을 한다면 말리고 싶다. 마음 놓고 쉴 수가 있나, 밥을
제대로 먹기나 하나. 먹어도 먹는 둥 마는 둥 밥이 어디로 들
어가는지 먹은 것 같지도 않다. 하루하루가 잠깐의 생각조차
할 수 없을 정도로 바빴다.
　어느 해, 한여름엔 탈진이 되어 응급실도 간 적이 있다. 머
리로는 더 일할 수 있을 것 같았는데 몸은 버텨 낼 수 없었는
지 병원 신세를 져야 했다. 역시 타고난 저질 체력인가 보다.
　다시 생각해 봐도 어떻게 해냈는지 싶다. 젊은 혈기였을
까? 아니면 우리 아들이 배 속에서 힘을 준 것일까? 33살에
막내 우엽이를 배 속에 갖고 식당을 했으니 아들은 복덩이
다. 아들을 낳고 재산이 그래도 많이 불어났다.

식당을 할 때, 직장에 다니느라 떨어져 살던 남편에게 자주 편지를 썼다. 컴퓨터도 있어서 이메일로 보내면 되는데 나는 싫었다. 늦은 밤 피곤한데도 편지를 손으로 꼭꼭 눌러 써서 회사로 보냈다. 그런데 답장은 한 번도 받아 보질 못했다.

남편은 초등학교 4학년 때 전학을 갔다고 한다. 김천 감문면에서 대구로 공부하려고, 지금으로 따지면 유학을 간 셈이다. 부모의 사랑을 받을 나이인데 떨어져서 혼자 살았을 것을 생각하면 안쓰럽다. 그런데 지금도 혼자 떨어져서 사니 어찌 보면 애처로운 팔자다.

나는 이렇게 바쁘게 사는 동안 이제야 무언가 뒤를 한 번 돌아본다. 남의 재산도 관심 없고, 욕심 부려 봤자다. 내가 열심히 살아서 이루면 되는 거지 한다. 명절에 시댁 갔다가 친정에 오는 건 항상 좋은 일이었는데 식당을 하고부터는 장사를 해야 해서 친정이 싫기도 했다. 돈 버는 사람 따로 있고, 노는 사람 따로 있다는 말을 식당을 하다 보면 절실하게 느낀다.

평생 일만 하다 생을 마감하는 사람!

평생 놀기만 하다가 생을 마감하는 사람!

세만 받아먹고 살다가 마지막을 장식하는 사람!

난 주위에서 보아 왔다.

그것도 본인의 능력이겠지….

자기 인생은 자기가 만들어 갈 수도 있다. 나는 그동안 가족보다 일을 더 소중히 여기고 살았고, 나 자신보다는 가족을 우선으로 생각하고 살았다. 내 머릿속 어디에도 나 자신을 위한 자리는 없었다. 그런 마음으로 힘든 줄 모르고 식당일을 해내지 않았을까.

이제는 나를 찾아야 하는 시간이다. 더 늦으면 나조차 나를 모른 채 세상을 떠나 버릴지도 모른다. 오늘 아침에도 나를 한번 세세히 돌아본다.

"나 자신과 다른 사람들을 위해 1분을 할애하는 것은
생각보다 커다란 차이를 만들어 낸단다."

- 스펜서 존슨, 『행복』 -

너이기에

이윤성

너이기에 좋다.
너이기에 같이 걸어서 좋다.
너이기에 함께 잠을 자고,
함께 아침을 먹고, 함께 사랑을 해서 좋다.
너이기에 좋다.
오늘도 너이기에 좋다.
너를 바라봐서 좋다.
너이기에….

뷰티하우스와 고장 난 어깨

✦

아침마다 '매일 기도문'을 읽고 들으며 하루를 시작한다.

문구점 산타클로스를 접고 몇 년을 쉬었다. 이것저것 못다한 문화생활도 하고 여러 가지 배우면서 지냈다. 몸도 안 좋아지고 해서 건강관리 겸 취미 생활 목적도 있었다.

사람 몸은 일한 만큼 아픈 곳이 생긴다. 자연적으로도 노화하면서 기능도 떨어지고 아픈데 돈을 벌며 노동일을 한 사람들은 더 아픈 곳이 많아진다. 100세 시대라고들 하는데 건강하게 잘 살려면 잘 쉬어야 하고 관리도 잘해야 한다. 뭔가 낙이 있으면 더 좋을 것이다.

온몸을 갈아 가며 해 온 지금까지와는 다른 일을 하고 싶었다. 벌이도 되고 낙도 삼을 수 있는 일, 나에게는 스킨케어 숍이 그것이었다. 상호는 '뷰티하우스'로 정했다. 운영한 지 10년이 넘었다. 이 공간은 여러 가지로 의미가 있다. 가게를 그렇게 많이 해 왔지만, 사업자등록증의 대표는 모두 오빠였다. 내 이름으로 사업자등록을 한 사업장은 뷰티하우스가 처음이다.

매일 갈 곳이 있고 나만의 공간이 있다는 게 너무 좋았다. 사람들을 예뻐지게도 해 주고 건강하게도 해 주면서 새벽이고 늦은 밤이고 열심히 해 왔다. 뷰티하우스는 손님들이 오시면 내 집같이 편하게 쉬었다 갈 수 있는 공간으로 만들었다. 단골손님이랑 모여서 1년에 한두 번씩 가래떡 파티도 하고, 만두도 만들어 쪄 먹고 했다.

건강도 잘 돌보면서 즐겁게 하리라 마음먹었지만 대충 하지 못하는 성격에 무리했는지 다시 몸이 고장 났다. 그러나 병원에는 잘 가지 않았다. 어려서부터 그랬다. 엄마 따라 한의원에 가끔 가서 침 맞고 오는 게 전부였다. 간혹 마사지를 받기도 했지만, 정기적으로 다닌 적은 없다.

직장 생활 할 때부터 발이 이상했다. 구두를 사면 한 번 신고 아파서 더 이상 신을 수가 없었다. 늘 그랬기 때문에 당연히 생각했다. 원인을 찾아보려고도 안 했다.

50이 넘어서도 병원 안 가는 습관은 똑같다. 아픈데도 병원을 안 가니 친한 언니가 한마디 했다.

"원인을 알고 치료를 해야지. 너는 네 판단으로 엉뚱한 것만 하러 다니냐?"

"잘하는 정형외과니까 여기 한번 가 봐."

맞는 말이었다. 그래서 언니가 소개해 준 병원을 찾아갔다. 진단명은 아킬레스건염, 족저근막염이었다. 2년을 넘게 충격파와 도수치료를 받으러 꼬박꼬박 다녔다. 간호사가 열심히 오신다고 할 정도였다. 나는 아프니까 좋아질 때까지 다녀야 한다는 생각에 시간이 되면 열심히 병원행이었다.

다리가 좋아지는 듯하니 이번에는 어깨에서 이상 반응을

보였다. 어깨도 검사를 해 보기로 했다. 결과는 석회가 있다고 해서 어깨 시술을 했다. 그래도 자꾸 아프고 더 이상 좋아지지 않았다. 한번은 물리치료 하면서 아프다고 했는데도 간호사가 꺾어야 낫는다며 꺾어 버렸다. 너무 아팠다. 시간이 지나면 통증이 가라앉겠지 했는데 집에 왔는데도 마찬가지였다.

너무 아파서 어깨 치료를 잘한다고 해서 알아 놓았던 병원에 응급으로 가서 혼자 신속하게 수술을 해버렸다. 회전근 파열인 줄 알았는데 그렇지는 않다고 했다. 다만 염증이 너무 심하고 오래되어 딱딱하게 굳어서 긁어 냈다고 했다.

수술한 뒤로 1년 넘게 통증이 있어서, 소염진통제를 내내 먹었다. 그 후로 몸이 더 안 좋아져서 또 1년 넘게 독소를 빼느라 고생을 했다. 소염진통제가 내 몸엔 좋지 않았다.

지금은 많이 좋아졌지만, 수술은 이제 무섭다.

아프면 아무도 알아주지도 않고 본인만 힘들다.

어떻게 참아 오고 버텨 왔는지 이해가 안 된다. 정말 지옥 같은 날도 있었는데 왜 참았는지…. 인간이 이렇게 대단하게 어리석다.

어깨 수술한 무렵 금천구 독산동 쪽에 눈여겨봐 둔 상가에서 입찰 소식이 왔다. 다 버리고 이사를 했다. 그 참에 돌보미도 연락이 왔다. 서류 통과 했으니 시험을 보러 오라고. 인적성 검사와 면접을 보고 최종 합격 소식을 받았다. 동시에 2주간 교육을 받고 현장 체험 실습을 바로 나갔다. 나랑 잘 맞는 일인지 아이들도 마냥 예쁘고 재미있었다.

지금도 돌보미 등하교를 하기 위해 새벽녘에 출근한다. 출근길에 의약품을 취급하는 탑차 한 대가 길옆에 주차되어 있는 걸 본 적이 있다. 차 문이 열려 살짝 보면서 지나갔는데 나이가 많이 들어 보이시는 백발의 아저씨가 차 의자 위에 도시락을 놓고 서서 식사하고 계셨다. 마음이 짠했다. 아내가 싸준 도시락을 드시며 열심히 사시는 모습이 존경스러웠다.

능력이 되면 할 수 있을 때까지 일을 하면 좋은데 과연 나는 할 수 있을까. 그리고 나는 숍으로 출근을 했다. 출근길에 친구 서영이에게 톡이 왔다. 아침에 아이 둘을 데리고 등교

시키는 나를 보았는지 "네 모습이 예뻤다" 한다.

친구에게 그런 이야기를 들으니 하루가 행복해진다.

오늘 새삼 느끼는 보물은 바로 나다. 내가 중요하다고 느꼈다. 내가 소중하다. 내 인생이고 나의 시간이다. 뷰티하우스를 처음 시작할 때의 마음으로 다시 돌아가 본다. 건강하고 즐겁고 아쉽지 않게 나의 인생을 살자.

"내 삶이 곧 나의 메시지다."

- 마하트마 간디 -

모든 순간이 죄로다, 첫 고해성사

✦

큰오빠와 조카 정희랑 필리핀 클락으로 휴식 겸 골프를 치러 놀러 갔다. 나는 정희랑 같은 호텔 같은 방을 쓰고 오빠는 단독으로 다른 호텔에 방을 얻었다.

골프는 취미로 좀 했지만, 여전히 잘 못 친다. 디스크가 있어 허리가 안 좋은 나는 이 스포츠와 잘 맞지 않는다. 담당 의사가 언젠가는 수술을 해야 한다고 해서 항상 조심하고 있다. 하지만 오빠와 조카와 함께라면 살짝 무리한들 어떻겠는가.

우리 조카 정희는 룸메이트로 잘 맞았다. 고모인 나에게까지 맞춰 주지 않아도 되는데 하나부터 열까지 배려하고 챙겨 주는 조카는 선생님이라는 직업이 천직 같았다.

난 유난히 까다롭고 예민하다. 누가 코를 골면 잠을 못 자고 조그만 소리에도 금방 깬다. 친구랑 제주도 여행을 할 때

꼼짝도 하지 않고 처음 누운 그 자세 그대로 자는 나를 보고 친구는 깜짝 놀랐다고 했다. 심지어 숨은 쉬는지 코에 귀를 대 보기도 했다고 한다.

그런 나인데 조카는 잘 맞춰 줬다. 고맙고 예뻤다.

조카랑 대화하면서 자주 눈물이 났다. 왜 그런지는 모른다. 오빠의 마지막을 미리 예견한 것이었을까. 여행을 마치고 오자마자 코로나가 터졌다. 여행을 잘 다녀온 것이다. 조금만 늦었으면 출발조차 못 할 뻔했다. 하늘은 그렇게 오빠와의 처음이자 마지막 여행을 허락해 주었다.

온 세상이 난리였던 '바이러스 질병' 끔찍했던 3년이었다. 전 세계를 뒤흔든 여파는 지금도 남아 현실 속에서 이어지고 있다. 경제도 힘들어졌고 모든 것이 온라인으로 바뀌어 갔다.

그때 나는 봉사활동 단체에서 중요한 직책을 맡고 있어 바쁘게 활동했는데 그날도 봉사활동을 마치고 가게로 돌아왔다. 바람이 몹시 불고 굉장히 추운 날이었다. 가게가 있는 상가 공동 화장실에 다녀온 순간 몸이 으실으실 춥더니 오한이 오면서 급격히 몸 상태가 안 좋아졌다. 움직일 수도 없어서 집에 가는 것을 포기했다. 그렇게 이틀을 가게에서 누워 있었다. 좀 나아지나 싶었는데 그게 코로나였다. 일도 할 수가 없었다.

딸들이 참 대견했다. 난 가족을 하나도 챙겨 주지 못했는데 우리 딸들은 일주일 동안 방 안에만 있는 나를 지극정성으로 돌봐 줬다. 미안하고 한없이 고마웠다.

우리가 겪은 잊을 수 없는 이 현실은 역사책에도 기록될 것이다.

엊그제 내가 기운이 없다고 하니 30년 지기 언니가 나를 보자고 했다.

"너 기운 차리게 한우 먹자."

나는 초저녁잠이 많아 일찍 자서 7시 이후엔 잘 안 나간다. 하지만 언니의 마음이 너무 고마워 기꺼이 나갔다. 밤거리는 오랜만이었다. 풍경이 너무 많이 바뀌어 있어서 깜짝 놀랐다. 상가들이 여기저기 텅텅 비어 있었다. 더욱 놀라웠던 건

30년 넘게 한자리를 지키고 있던 자동차 대리점이 없어진 것이었다. 코로나 이후의 경제적 위기를 체감할 수 있었다. 언니 덕에 맛있는 저녁을 먹고 돌아왔으나 나 같은 소시민이 보기에도 걱정스러운 나라 사정 때문에 마음이 편치만은 않았다.

다음 날은 첫 고해성사를 준비해 가서 미사까지 드리고 왔다.
무슨 죄를 이렇게 많이 지었나 싶었다. 살아온 모든 순간이 죄라는 생각이 들었다. 한 가지 한 가지 나의 행동들을 돌아보니 에쿠, 더 큰 노력을 해야겠다.
정말이지 어제는 뜻깊은 하루가 되었다.
우리 딸 해진이도 함께 동행해 주어 고마웠다.
입문 교육을 받던 6개월, 길다면 길고 짧다면 짧은 시간인데 신부님, 수녀님, 성당 식구들과 정이 들어 반가움을 미소로 알려 준다.
"믿음은 선물입니다."

"은총이 가득하신 마리아 님, 기뻐하소서!

주님께서 함께 계시니 여인 중에 복되시며

태중의 아들 예수님 또한 복되시나이다.

천주의 성모 마리아님,

이제 와 저희 죽을 때에

저희 죄인을 위하여 빌어 주소서.

아멘."

사람은 착하게 살아야 해

✦

"대표님, 제가 2억을 대출해 드리겠습니다."

어느 날 은행을 찾았는데 지점장님이 나를 보더니 대뜸 대출을 해 주겠다고 했다. 나는 그때 굳이 돈이 필요하지 않았지만 안 받겠다고는 하지 않았다.

포천에 있는 땅을 200평 산 적이 있다. 지인이 하도 부탁을 해서 신랑도 모르게 샀다. 자세히 알면 또 한바탕 뒤집어질 텐데 나는 솔직히 그 땅이 어디 있는 줄도 모른다. 산정호수 근처라는 것만 안다. 그 무렵은 여기저기 아파트 분양을 하니 모델하우스를 보러 가자, 지방에 땅을 보러 가자 하면서 사람들과 막 돌아다닐 때였다.

"바람도 쐬고, 맛난 것도 먹고, 힐링도 하고 오지, 뭐." 하며 언니들과 함께 다녔다. 이때는 땅에도, 아파트 분양에도 관심이 다들 많았다. 한 언니는 땅을 보러 갔다가 덜컥 아파트를 분양받기도 했다.

언젠가 명절에 안성 집에 들렀는데 동창들이 한번 보자 해서 모처럼 만남의 자리를 했다. 나는 부모님이 계시고, 가족이 모여 있으면 밖에 잘 안 나가는데 그날은 우연히 시간이 맞아 친구들을 잠시 만났다. 맛있는 점심도 먹고, 차도 마시고, 이야기꽃을 피우다가 누군가 한 명이 안성 터미널 근처에 아파트를 짓고 있는데 모델하우스를 구경 가잔다.

"그래, 한번 가 보지, 뭐."

가 보니 벌써 6층이나 올라가 있었다. 모델하우스를 구경 다니다 보면 혹해서 살고 싶고 사고 싶은 마음이 생긴다. 견물생심 아니겠는가. 그래서 마음이 없고 여유가 없으면 애초에 가지 말아야 한다. 그렇지 않으면 욕심을 내기 마련이다.

계약금이 10만 원이면 된다기에 아파트를 껌 사듯이 하나 달라 해서 사는 분위기였다. 그때 친구가 사정이 있어서 잠시 내 이름으로 해 달라고 해서 20만 원에 두 채를 계약했다.

지점장님이 2억이나 대출을 해 준다고 했으니 믿고 의기양양 계약을 한 것이다. 또 신랑한테 말도 없이 일을 저지른 것이다. 별다른 어려움이 없을 것 같았고 충분히 가능하다고 생각했다. 잘되면 '깜짝 이벤트'로 놀라게 해 주면 더 재미있겠다 싶었다. 그런데 아뿔싸 나의 잔머리로 계산한 일이 꼬이고 말았다. 잘못된 선택을 한 것이다. 몇 달을 혼자 시달리며 은행 이자만 몇백만 원을 다달이 갚아 나가야 했다.

　'내가 미쳤지. 미쳤어.'

　이땐 별생각을 다 하며 닥치는 대로 이것저것 일을 했다. 그렇지 않아도 파이브잡을 해 가며 돈 갚느라 힘든 때였는데 이런 일 저런 일이 막 겹쳐서 터졌다. 나는 정말 멘붕 상태가 되었다. 죽을 만큼 너무 힘들었다. 내가 저지른 것이니 누구에게 말도 할 수 없었다.

　이때 내 곁에서 나를 도와준 친구들, 지인들 모두에게 '감사합니다'라는 인사를 전하고 싶다. 표현도 부족해서 고맙다는 말도 제대로 못 했다. 지금 이 책을 통해서라도 모두에게 머리 숙여 감사의 마음을 전한다.

언제나 죽으라는 법은 없나 보다. 지금 내가 안도의 숨을 쉬며 편안하게 살 수 있는 것은 정말 내 옆에 좋은 사람들이 너무 많이 있어서다.

그중에서도 특별히 기억나는 한 사람이 있다. 당시에는 날짜와 은행 마감 시간에 쫓기는데 잔금을 마련할 길이 없었다. 그 순간, 마지막에 우리 작은딸이 ○○엄마에게 부탁을 해 보라고 했다. 딸은 뭔가 촉이 온 듯한 표정이었지만 안 될 것 같았다. 이미 부탁을 해 봤지만, 거절을 당했기 때문이다. 또 부탁한다는 게 자존심도 상해서 망설여졌는데 그래도 왠지 한번 다시 연락을 해 보았다. 그런데 작은딸의 촉이 맞았다. 순순히 오케이를 했다.

거기에는 이유가 있었다. 그 시점에 내 덕분에 그 사람이 돈을 번 일이 생긴 것이다. 나에게 조금이나마 도움이 되길 바란다고 했다. 어찌 되었든 급한 불은 꺼서 고마웠다.

사람은 착하게 좋은 일 많이 하고 살아야겠다는 것을 여기서 또 깨달았다. 시간 나는 대로 봉사도 하고 힘들게 사는 사람들 잘되게 도움이 되는 사람으로 살았던 것도 나쁘지 않았다.

지금은 5년 만에 지인들에게 빌린 것은 다 갚았다.

"신용은 잃지 말자. 나 자신과의 약속이다."

나만의 철학이고 신념이다. 신용은 내가 제일 중요시하는 말이다. 부모와 자식과도 마찬가지다. 공과 사는 분명히 해야 한다.

그렇지만 나는 아무래도 사고뭉치인가 보다. 여기저기 일을 터뜨린다. 그래도 마무리는 내가 할 수 있어서 다행이다. 물론 사람들의 도움이 컸다.

아버님이 돌아가셨을 때도 너무 감격스러운 경험을 했다. 골프 친구들이 차 한 대에 타고 그렇게 퍼붓는 빗속을 달려 김천까지 와서 조문을 한 것이다. 그 의리에 감동하지 않을 수 없었다. 그래, 사람은 혼자 살 수는 없는 것이다.

서로 위로하고 의지하고 함께 힘이 되어 살아야 발전이 되는 것이다. 그 뒤로 궂은일이나 장례식장은 꼭 가려고 노력한다.

장례식장 얘기를 하니 엄마 생각이 또 난다. 수십 년 절에 시주를 하시고 열심히 불교를 믿으셨는데 결국 돌아가실 땐 성당에 묻히셨다. 엄마는 성당을 접해 보시지 않아 절에 다니신 듯하다. 예전엔 시골에는 절만 가까이 있었고 교회나 성당은 주로 시내나 읍내에 있었다. 일만 하셨던 시골 어른들은 특별한 일 외에 읍내는 잘 안 나가니 교회나 성당에 가볼 기회가 없었던 것이기도 하다.

　　힘들 때 의지하고 자식을 위해 잘되기를 위해 빌어 주려고 늘 절에 다니신 엄마. 부모님들은 다들 같은 마음인 듯하다.

　　엄마가 미사 포를 쓰고 기도하시는 모습을 상상해 보기도 했다. 너무 잘 어울리셨을 것 같다. 함께 기도드리며 다녔으면 얼마나 좋았을까도 머릿속에 그림 그려 가며 생각해 보았다.

"인생에 있어 최고의 행복은 우리가 사랑받고 있음을 확신하는 것이다."

- 빅토르 위고 -

그립습니다

이윤성

항상 누군가 옆에 있습니다.
당신이 그립습니다.
눈부시게 그립습니다.
오늘도 오지 않을까 그리움에
당신이 다가올 날이 그립습니다.
하염없이 그리워 울었습니다.
울다 울다 지쳐 그리워 또 울었습니다.
당신이 그립습니다.

산삼도 나누어 먹었지만

◆

"너 주려고 산삼 구해 놨으니까 와서 가지고 가라."

안성 집에서 연락이 왔다.

'잘됐다. 펄스파워랑 펄스 프시케 가지고 가서 식구들이랑 친구한테 체험 좀 시켜 줘야겠다.'

나는 당시 스킨케어숍과 '펄스파워'와 '펄스 프시케'라는 미용·운동기기 대리점을 겸하고 있었다.

펄스파워는 저주파, 중주파가 골고루 들어오는 운동 기기였다. 저주파가 들어올 때 더 강하고, 근육을 만들어 주는 주파수인 중주파가 들어올 때는 좀 더 약하게 자극된다. 통증

완화도 되고 장기들이 활발하게 움직이는 느낌도 있다.

30분 정도 사용하면 격렬한 운동을 3시간 정도 한 것처럼 몸이 자극을 받는다. 처음엔 아무렇지 않아도 점점 반응이 오고 가만히 누워만 있었는데도 나중엔 피곤해진다.

나는 체험을 해 보기 위해 매일매일 1시간씩을 했다. 1시간이면 하루 6시간을 강렬하게 운동한 효과가 있다고 하는데 누워서 하니 별로 힘든 걸 몰랐다. 일주일이 지나니 코피가 쏟아졌다. 힘들게 활동한 것도 하나도 없는데 왜 이러지 했으나 '펄스파워'를 하루 1시간 해서 몸에 무리가 되었다.

펄스 프시케는 14분 동안 사용하면 순간적으로 모공을 열어 노폐물을 빼고 영양 성분을 넣어주는 일렉트로포레이션 기술이 들어 있다. 처음 사용하게 되면 노폐물이 빠지게 되어서 14분 사용하고, 가볍게 물 세안하면 된다. 사용해 보니 너무 좋았다. 주름이 옅어지는 효과도 있어서 중년들에게는 아주 좋은 상품이었다.

펄스파워와 펄스 프시케를 함께 다 하면 운동과 미용을 다잡을 수 있다. 특히 나처럼 잘 나가지 않는 사람에게는 딱 맞는 운동, 미용 기기다.

집에 도착해 산삼을 받아 들고 큰오빠네서 하룻밤을 자려고 갔는데 오빠 안색이 안 좋았다. 내가 어렸을 때부터 늘 내 건강을 챙겨 준 오빠였기에 마침 가지고 간 산삼이라도 한입 먹으면 효과가 있지 않을까 하는 생각이 들었다.

"오빠, 우리 이거 먹고 힘내서 건강 챙기며 열심히 살아요."

이러면서 큰오빠랑 둘이 아침에 열심히 씹어 먹었는데 올케언니(에스텔)가 나갔다 들어오니 집안에 산삼 향이 가득 찼다고 했다. 산삼은 향기만 맡아도, 보기만 해도, 산삼의 기를 받는다고 하는데 효과가 있었으면 했다.

온 가족이 건강하기를 속으로 기원하며 아침을 먹고 나서 친구 부부에게 펄스파워와 펄스 프시케 체험을 해 주러 가려고 했는데 아이가 아파서 어렵겠다는 연락이 왔다.

그냥 서울로 올라와야 했다. 그런데 오빠가 체험하게 해 주면 안 되냐고 해서 오빠에게 체험을 시켜 줬다.

끝나고 나서 너무 좋다고 하면서 사야겠다고 했다. 체험을 받으면서 "나는 근데 요즘 복부가 자꾸 아프고 변도 이상하게 나와."라고 했다. 나는 교통사고가 1년 전에 크게 나서 힘든가 보다 했다.

"그럼 병원에 먼저 가서 검사를 해 봐야지!"

속이 상해서 짜증 나는 말투로 이야기를 했다. 언니랑 같이 갈려고 준비 중이라고 했으나 아프면 혼자라도 먼저 가 봐야 하는 것 아니냐며 핀잔을 주었다.

나는 그길로 서울로 올라왔고 오빠는 다음 날 병원에 가서 검사를 받았다. 그런데 검사 결과가 바로 나왔다며 연락이 왔다.

"나 췌장암 말기래. 벌써 간에까지 전이가 다 되었다네."

온몸에서 힘이 빠져나갔다. 서울에서 같이 살 때 당뇨라고 했을 때 혼자 내 방에서 펑펑 운 적이 있다. 그런데 이번엔 암이라니! 내 정신의 지주 같은 오빠가 암이라니.

뭐라도 하고 싶었다. 자주 가서 내가 할 수 있는 마사지를 해 주고 올라오곤 했다. 조금이라도 회복되기를 간절히 바라는 마음으로 오빠의 몸을 만졌다.

오빠는 신념과 의지가 강했기 때문에, 곧 일어날 거라 생각했는데 아니었다. 나눠 먹은 산삼도, 먼 길 마다하지 않고 가서 해 준 마사지도 이미 속 깊이 자리 잡은 병에는 효과가 없었다.

나야 가끔 가지만 옆에 있는 가족은 얼마나 힘들었을까. 떠나기 전에도 오빠는 힘들어하지 않았다. 힘들어도 우리 앞에서는 웃음을 보였다. 오빠의 빈자리가 언니한테는 클 텐데 그냥 가여울 뿐 나는 어떻게 해 줄 수가 없었다.

"언니, 이젠 쉬어 가세요. 여행도 다니시고, 오빠와 함께했으면 좋겠지만 아쉬움은 뒤로하고 못 해 본 것들 해 보면서 나름 혼자만의 세계를 만들어도 좋을 것 같아요."

내가 해 줄 수 있는 말은 이것이 다였다.

"세상은 선한 사람들로 가득합니다. 선한 사람을 찾을 수 없다
면 당신이 선한 사람이 되세요."

- 성 마더 테레사 -

장맛비

이윤성

장맛비가 내린다.
밤새 하염없이 장맛비가 내린다.
눈물이 쏟아져 내리듯 장맛비도 쏟아져 내린다.
쏟아져 내리는 장맛비를 피해 보려 우산을 쓴다.
비옷도 입고 장화도 신어 본다.
내 마음에도 퍼붓는 장맛비.
내일도 장맛비가 계속 오겠다.
장맛비는 장마가 끝나면 그치겠지.

나는 이렇게 바쁘게 사는 동안 이제야 무언가 뒤를 한 번 돌아본다.
남의 재산도 관심 없고, 욕심 부려 봤자다.
내가 열심히 살아서 이루면 되는 거지 한다.

- 본문 중에서

3

비운다

✦

✦

✦

마음을 비우고 보니

새로운 날이 보이네

테니스의 꿈을 접고

◆

"엄마! 불혹의 나이가 뭐예요?"

네 살짜리 아들이 갑자기 나에게 물었다. 그 나이에 알 만한 말이 아닌데 얘가 어디서 들었을까가 우선 궁금했다.

"어디서 들었니?"
"〈짱구는 못 말려〉에서 짱구 엄마가 말했는데 무슨 말인지 모르겠어요."

궁금증이 많고 하고 싶은 것도 많은 아이였다. 아들은 태어나면서부터 초등학교 1학년 때까지 외할머니댁에서 살았다. 눈이 동그랗고 코가 오똑한 게 귀공자 같았다. 누구에게라도 살갑게 착착 안겨 귀염을 받으며 자랐다. 고슴도치도 제 자식은 예쁘다는데 내가 보기에 우리 아들이 제일 잘생겨 보였다.

유머를 아는 건지 약은 건지 남다른 면이 있긴 했다. 아들이 혼자 맛있게 간식을 먹고 있었다. 외할아버지께서 "우엽이 뭐 먹니?" 하고 물으니 뒤도 돌아보지 않고 "어~ 약이여."
한바탕 웃음이 터졌다. '짱구는 못 말려'를 너무 많이 봐서 그런가 싶기도 했다.

초롱초롱한 눈망울로 앞에 서 있으면 누구라도 예뻐할 아이였다. 동요 가사처럼 별명이 서너 개였다. 2002 월드컵 8강 진출이 확정된 날 태어나서 '팔강이', 머리를 밀고 있어서 '빡빡이', 많이 안다고 '조 박사' 등. "팔강아~ 빡빡아~ 조 박사~"라고 부르면 고개를 돌려 돌아보곤 했다. 이 아이 때문에 외가에서는 웃음이 끊이질 않았다. 바쁠 땐 자고 한가할 땐 잘 먹고 놀고 예쁜 짓만 골라서 하니 어른들 눈에는 더더욱 예쁘고 신통했다. 정말이지 신줏단지 모시듯 우리 아들

우엽이는 외할머니, 외할아버지, 외삼촌, 외숙모가 떠받들다
시피 하며 키웠다.

귀한 아들이기도 하다. 6년 만에 낳았으니 얼마나 사랑받
고 자랐는지 모른다. 모든 것이 정성이었다. 잘 커 주기를 바
라면서 잘 적응하기를 기원하면서 하루하루 온갖 정성을 쏟
아 가며 키웠다. 백일에는 백일 떡을 해서 백 명이 나누어 먹
어야 좋다 해서 떡을 잔뜩 해서 식당 손님들에게도 모두 돌
렸다.

유치원 다닐 때도 머리엔 무스를 발라 세우고, 점잖은 다
크그레이색 가디건에 닥스 체크 통바지를 입혀서 보냈다. 선
생님들이 요런 게 어디서 나왔냐며 아주 예뻐했다.

내가 늘 곁에 있지 못하는 안타까움이 그렇게 만들었는지
도 모른다. 일곱 살부터 테니스를 시켰다. 너무 일만 하는 내
가 신경을 많이 못 써 줘서 혹시나 초등학교 들어가면 학교
생활에 소홀해질까 봐 생각해 낸 방법이었다.

흰 야구모자를 쓰고 자기보다 더 큰 검은색 가방에 테니
스 라켓을 담아 메고 다니던 그 모습을 잊을 수가 없다. 기특

하게 운동도 잘했다. 코치 선생님이 경험도 부족한 우리 아들을 경기에도 출전시키곤 했다. 엄마 아빠가 시키니까 하는 것이기는 해도 아들도 딱히 싫어하는 기색은 없어서 크게 걱정은 안 했다.

큰오빠 딸도 테니스 선수 생활을 하고 있었다. 우리 부부도 약간 기대를 하고 있긴 했지만, 특히 큰오빠가 우엽이를 테니스 선수로 키우고 싶어 했다.

1년 넘게 테니스를 계속했다. 테니스를 하면서도 짬짬이 친한 친구들도 사귀고 해서 친구 관계는 좋았다. 그때 친구 엄마들은 지금도 연락하고 엄마들끼리는 가끔 만남을 가진다.

그러던 아들이 어느 날 갑자기 테니스 포기를 선언했다. 그 어린 것이 얼마나 힘들었을까. 엄마도 옆에 없으니 마음껏 투정도 못 하고 스트레스는 그대로 쌓이고 했을 것이다. 가슴이 아팠다. 한편으로는 이 아이가 테니스에는 별로 꿈이 없나 보다 했다.

2학년이 되면서 외할아버지댁을 떠나 서울로 전학을 해서 집에서 살게 되었다. 테니스 대신 태권도를 시작했다. 이건 본인의 선택이었다. 태권도는 하루도 빠짐없이 열심히 했다. 꾸준히 계속해서 나중에 3단까지 땄다.

우엽이가 중학교 때, 하루는 초등학교 때 이야기를 하다가 테니스 이야기도 나오게 되었다. 갑자기 아이가 눈물을 흘리더니 초등학교 1학년 때 선생님께 맞은 것을 이야기하며 테니스 하는 것이 너무 힘들었다고 하는 것이 아닌가.

내가 아이들에게 너무 관심을 갖지 못했구나 싶어 속상했다. 얼마나 서러웠으면 그 생각을 하고 중학생이 될 때까지 말을 안 했을까. 그래, 어른도 힘들면 우는데 어린아이가 얼마나 힘들었을까. 옆에 있던 작은누나가 우리 동생 많이 힘들었구나 하며 울고 있는 동생을 안아 주었다. 나보다 낫다는 생각이 얼핏 스쳤다.

물론 사정이 있어서 때렸겠지만 때리는 것은 반대한다. 엄연히 폭력이라고 생각하기 때문이다. 아무리 때려서 실력이 는다고 하더라도 바람직한 방법은 절대 아니라고 생각한다. 폭력은 상처 말고는 남기는 게 없지 않을까. 중고등학교 시

절 너무 많이 맞았던 박지성이 아버지에게 했다는 말이 생각
난다.

"만약 내가 맞지 않고 축구를 배웠다면 지금보다 훨씬 축
구를 잘할 수 있었을 텐데….'

아이는 미련이 남았는지 "테니스를 계속할걸." 하는 이야
기를 가끔 한다. 싫지는 않았나 보다. 그리고 어쩌면 테니스
에 꿈이 있었을지도 모른다. 잘 돌봐 주지 못해서 너무 빨리
꺾이는 바람에 그것이 꿈이었는지도 모르고 넘어간 것은 아
닐까. 내가 해 줄 수 있는 말은 이것밖에 없었다.

"지금도 늦지 않았어. 도전은 좋은 거야."

대학 1학년을 다니고 군대 가려고 휴학을 했다. 그런데 바
로 군대를 못 갔다. 몇 번 시도 끝에 1년이 지나고 다시 군대
에 간다고 했다. 논산 훈련소에 데려다주려고 하루 전 아빠
집에 들러 저녁을 맛있게 먹고 거기서 자면서 군대 가기 전
전야제를 치렀다.

자다가 새벽에 "엄마, 나 몸이 많이 안 좋아. 열도 나고 으실으실 추워." 하기에 단순 감기려니 했다. 아픈 적이 잘 없던 애라서, 약을 먹이고 아침에 일어나 온 식구는 논산 훈련소로 향했다. 여전히 힘들어했다. 마음은 안 좋으나 국가의 부름이니 어떡하겠는가. 아침에 일어나서 훈련소 들어가기 전 밥을 먹이고 몸 건강히 잘 다녀오라고 헤어졌다.

그때 일 때문에 천안에 있던 남편 집으로 연락이 왔다. 아들이었다. 뭐가 잘못됐나 불안한 마음을 간신히 다잡고 있는데, "엄마, 나 코로나래." 하는 소리가 들렸다.

다시 되돌아서 데리러 갔다. 군대를 몇 번을 왔다 갔다 하는지 제대로 군 생활을 하려나 했다. 최소한 3개월 이상은 있어야 복귀할 수 있다고 했다. 코로나를 완치하고 한 달이 지나 다시 입소하라고 연락이 왔다. 아들은 군대 갈 때 발칸포로 주특기를 신청했다. 다행히 희망한 대로 발칸포 부대로 발령을 받았다. 나는 잘됐구나 하고 있는데 주변에 있는 사람들은 다들 놀라는 분위기였다. 아무나 갈 수 있는 부대가 아니라는 것이다. 무슨 백을 썼냐고 하기도 했다. 우리는 그런 건 모른다. 그렇게 되었을 뿐이다.

우리 아들은 이렇게 군 복무도 본인이 바라는 곳에서 잘 마쳤다. 재밌는 건 1년 6개월 동안 우리는 면회 한 번 가 본 적이 없다는 사실이다. 그렇게 애지중지하다가 정작 제일 힘들다는 군 생활을 할 때는 한 번도 들여다보지 않은 것이다. 미안하기도 하지만 아들도 크게 생각하지 않는 것 같다. 자랑스러울 뿐이다.

제대하고 나서 요즘은 운동도 쉬면서 아르바이트를 해서 용돈이라도 벌어 볼까 하고 있다. 좀 더 생각의 폭이 넓어지면 운동도 다시 도전하리라 믿는다. 아들은 여행을 좋아한다. 시간이 허락한다면 여행을 많이 다니라 했다. 아빠가 좀 함께하면 좋으련만 쉽지 않다.

전공이 기계과라 기계 관련 자격증을 딴다고 하니 아들도 자기의 분야를 살려 하고 싶은 것을 하려고 노력 중인 것이다.

잘할 수 있을 텐데 어떻게 삶을 살까 자꾸 두려워한다. 그게 크게 확실한 목표가 없기 때문이라고 항상 나는 이야기를 해 준다. 사람마다 다 생각이 다르듯 아들도 무슨 생각을 하

는지 그 속을 들여다보지 못하니 무슨 생각을 하는지 알기는
어렵지만 믿는 구석은 있다. 닥치면 다 헤쳐 나가겠지.

애라고만 생각했는데 어제는 친구들과 술을 마셨는지 아
침에 일어나 보니 거실 소파에 누워 자고 있었다. 요즘 방학
이라 놀기만 한다. 아르바이트가 구해지지 않는다면서…. 아
직 뚜렷한 목표가 없는 듯하다. 한때니 멋진 추억 만들렴. 잊
히지 않을 추억들을….

어려서부터 아들 방은 아들과 친구들의 아지트이다. 생일
파티며, 무슨 모임이며 자주 친구들이 놀러 왔다. 그런데 지
금도 그렇다. 다 자라서 체격도 있는데 그 조그만 방에서 어
떻게 모여 있는지 모르겠다. 코로나 탓에 밖에 잘 나가서 놀
지 않는다.

술도 집에서 먹는다. 어느 날 친구들과 함께 왔다길래 들
어오라 했더니 한 친구씩 들어오며 인사를 하는데 한 친구는
소주를, 또 한 친구는 맥주를, 또 한 친구는 안주를 들고 연
이어 들어오는 것이 아닌가. 그렇게 먹고 비용은 n분의 1을

한단다.

난 약속이 신용이라 생각했고, 그래서 작은 약속도 엄청 중요시 했다. 약속을 중요시 하는 나를 다시 보며 『반기문 유엔 사무총장처럼 키워라』를 읽은 적이 있다. 독자님들도 한 번 읽어 봤으면 한다.

어머니도 그분을 잘 키우셨지만 반기문 님의 신조에는 약속을 철지히 지키라는 것이 있었다. 그리고 그렇게 말과 행동을 하셨다. 정말 성공하신 분들의 책은 시간 내서라도 틈틈히 한 구절씩이라도 꼭 읽어봐야 한다.

요즘 젊은 친구들의 살아가는 방법 같다.

집에서 뭐든 하니 솔직히 걱정은 안 된다. 그 친구들 모두 함께 노력하고 함께 꿈꾸면서 훌륭한 청년으로 성장하기를 바란다.

"성공은 하루하루 반복해서 쏟는 작은 노력들의 총합이다."

- 호버트 클리어 -

원두커피

이윤성

아침 원두커피는 참 맛있다.
뜨겁게 한잔을 내려 마신다.
아이스커피도 한잔을 내려 마신다.

원두 갈리는 소리가 좋다.
커피 향기가 방 안 가득해지고
원두커피 한잔을 마시면
하루 시작이 상쾌하고 개운하다.

핸드 드립을 배웠다.
커피의 매력에 빠져서
나는 오늘 아침도 원두커피를 마신다.

딸들아, 무엇이든 할 수 있어!

❖

"그건 죽는 병은 아니여!"

큰딸 해진이를 가졌을 때 입덧이 너무 심해 날마다 꽥꽥거리는 나를 보고 우리 엄마가 한 말이다. 요즘 말로 팩트이긴 하지만 야속하기가 그지없었다. 물조차 마음껏 마실 수 없어 9개월 내내 링거를 맞고 다니는 딸에게 할 소리는 아니지 않을까. 물론 안타까움을 반대로 표현한 것이라는 걸 알지만 그래도 위로 한마디가 나에게는 더 필요했다.

큰딸이 태어나던 때 잊을 수 없는 사건이 있었다. 결혼하고 집들이를 못 했다. 다른 사람은 그러려니 하고 넘어간 것 같은데 남편 회사의 몇몇 친한 친구들은 아쉽고 섭섭했나 보다. 어느 날 저녁, 남편 회사 친구들이 먹을거리를 사 들고 무작정 우리 집에 들이닥쳤다. 만삭이던 나는 엄청 힘들었는데 내색도 못 하고 손님이니 저녁상을 차려 냈다. 재미있게 시간을 보내다가 친구들이 술도 많이 취한 데다 시간도 늦어 돌아갈 수가 없는 상황이 되어 버렸다. 할 수 없이 한 방에서 5명이 구겨져서 잤다. 방도 따뜻하고 눈도 많이 와서 포근한 기운에 모두 언제 잠이 들었는지도 모르게 잤다.

아침에 일어나 해장 겸 아침밥을 해서 대접했더니 모두 출근하기 싫다고들 한다. 애들이 학교 가기 싫듯 어른들도 그럴 때가 있다.

내가 한마디 했다. "가기 싫으면 굳이 뭘 가요. 휴가 쓰고 쉬세요."

"우리 그럴까, 그럼? 이렇게 된 김에 춘천에서 빙어 축제 한다는데 거기나 가자."

친구 중 한 명이 신이 나서 말했다. 어라, 그런데 모두 그러자고 하는 것 아닌가. 나는 '그래도 출근은 해야지.'라고 할 줄 알았다. 자기들끼리 작당 모의를 하더니 한 명이 회사로 가서 차를 가져오기로 정하고는 정말로 출발할 준비를 했다.

"제수씨, 제수씨도 같이 가요. 어제 막무가내인 우리 때문에 힘들었는데 여행도 하고 하루 신나게 놀아요. 자꾸 움직이는 게 산모한테도 좋다잖아요."

아는 척을 하며 권하니 거절하기도 어렵고 얼떨결에 만삭인 몸을 하고 나도 따라갔다. 잠시의 여행이었지만 그동안 너무 힘들기만 했는데 좀 힐링이 되는 것도 같았다. 축제장에 도착해서는 평생에 가장 많이 먹었을 만큼 실컷 빙어회를 먹었다. 입덧도 없었다. 빙어는 입맛에 맞았나 보다.

모두 신나게 즐기고 돌아왔다. 그때부터 진통이 시작되었다. 워낙 몸이 강하지 못해 오랜만의 긴 여행이 무리가 되었던 건지 진통이 심했다. 그길로 병원에 갔다.

안성 '박○○ 산부인과'.

우리 아이 셋 모두 여기서 태어났다. 큰딸은 빙어 때문인지 파다닥거리며 보름이나 빨리 나왔다. 입덧 때문에 잘 먹지 못해 코만 크고 팔다리는 너무 말라 있었다. 그런데 태어나자마자 배 속에서부터 너무 허기가 졌는지 10ml도 먹기 힘든 우유를 50ml 이상을 먹어 댔다. 간호사가 놀라워할 정도였다.

잘 먹고 잘 자고 해서 아기는 젖살이 금방 붙어서 순식간에 통통해졌다. 아기도 건강하고 나도 좀 쉬었고 해서 퇴원을 신청했는데 내가 빈혈 수치가 낮아서 수혈을 하지 않으면 퇴원이 안 된다고 했다. 그래서 보호자 동의하에 수혈을 하고 겨우 퇴원을 해서 엄마 집으로 갔다.

마침 거기 있던 형부가 한마디 했다.
"처제 아기라서 하는 말이 아니고 세상에서 이렇게 예쁜 아기는 처음 봤어."
나는 힘들게 낳아서 예쁜 줄도 몰랐다. 모유 수유를 하고 싶었는데 유축기로 짜서 먹이다가 며칠 못 먹이고 젖몸살이 나는 바람에 분유를 먹였다.
아이를 낳아 몸을 추스르고 서울 집으로 왔는데 이젠 나 혼자 아이를 돌봐야 했다. 조금이라도 좋은 것, 건강한 것을 먹이고 싶었다.
생과일을 사서 일일이 즙을 내고 이유식을 해서 먹이고, 매일매일 배 속에 있던 느낌을 그대로 유지하라고 임신 내내 틀어 놓았던 클래식 음악을 들려주었다. 그 덕인지 큰딸은 차분하고 깊이가 있다.

큰딸이 백일도 안 되었을 때 둘째 말괄량이 삐삐 같은 아진이가 들어섰다. 다른 건 어떻게 되든 모르겠고 입덧만 안 했으면 했다. 해진이를 보면서 둘째의 태교는 일부러 하려고 하지는 않았다. 그런데 자동으로 태교가 되었다. 예쁜 것만 보고 예쁜 과일만 먹고 예쁜 해진이를 키우다 보니 자동으로 태교가 된 듯하다.

"1996년 11월 25일 월요일,
해진이가 혼자 서서 한 발짝 뜀.
1996년 12월 4일 수요일,
세 번째 윗니 하나 더 나옴.
네 번째 윗니 역시 함께 나오고 있음."

육아 일기에 기록되어 있는 글이다. 지금 다시 보니 감회가 새롭다. 해진이는 감기를 달고 살았다. 병원을 줄기차게 다닌 기록이 있었다. 면역력이 약하니 그랬나 보다. 그랬던 꼬마 아기가 이제 서른 살이 되어 학교를 다시 다닌다. 대학교 2학년! 우리 해진이는 예쁘게, 건강하게만 있다가 제2의 인생을 잘 살아가면 더 좋겠다. 우리 큰딸 해진이, 다시 봐도 곱고 예쁘다.

"1997년 1월 21일 화요일,

새벽부터 진통이 조금씩 오기 시작하더니 점심 때에는 심하게 진통이 계속됨.

병원에 2시 도착!

아진이가 4시 29분에 탄생함.

몸무게 3.4kg,

해진이 때보다 더 아팠음."

아진이 태어난 날의 기록이다. 아진이가 욕조 물에 빠졌을 때는 정말 말 그대로 식겁했다. 지금 예쁘고 건강하게 살아 있는 것만도 감사하다.

"1997년 9월 25일,

아진이가 욕조 물에 빠짐.

119구급차를 타고 안산 ○○병원 입원.

큰 충격과 놀람 속에서 입원한 아진이,

건강하게 9월 30일 15시경 퇴원함."

"건강하고 예쁘게 살아 줘서 고마워. 나의 딸 아진아~

우리 아이 셋 모두 특별하게 이상 없이 잘 자라 줘서 고맙다. 감사하다.

셋이서 예쁘게 싸우지 말고 사이좋게 잘 살길 엄마는 바란다.

바라만 봐도 예쁘고, 든든하고, 대견스럽다.

각자 자기 분야에서 열심히, 최선을 다해 주는 사람이 되었으면 하는 바람이다."

"아무것도 결정되지 않았어. 우리는 우리가 원하는 것이 될 수 있어."

- 루이제 린저 -

꽃보다 예쁘다

이윤성

우리 딸들은 예쁘다.
꽃보다 예쁘다.
진주보다 보석보다 더 예쁘다.
오늘도 어김없이 두 딸은 아침 일찍 아르바이트를 간다.
하루 종일 밤늦게나 오는데
아프기라도 할까 걱정이 앞선다.

우리 두 딸은 꽃보다 예쁘다.
천사처럼 예쁘다.
친구처럼 지내서 더 예쁘다.
꽃 선물을 자주 해 주는 우리 딸
꽃보다 예쁘다.
우리 딸들이 나에겐 꽃보다 예쁘다.

3. 비운다

엄마의 밥상

✦

    그날은 일이 그렇게 되려고 그랬나 보다.

    우리 밭은 산에 있었다. 식당을 하던 엄마는 장사를 마감하고 항상 아버지와 같이 밭에 올라가셨다. 밭을 돌보고 다음 날 필요한 채소를 따서 역시 아버지와 함께 내려오셨다. 그날은 아버지만 먼저 내려오셨다. 다른 농사일을 보러 아버지가 가셔야 했기에 그랬다. 그런데 그림자가 길어지고 어둑어둑해질 때까지 엄마가 안 내려오셨다. 한 번도 그런 적이 없었다. 벌써 내려와서 저녁을 준비하셨어야 할 시간이었다. 불길한 생각이 머리에 스친 올케언니가 전화했다. 안 받았다. 올케는 밭으로 뛰어 올라갔다. 엄마는 거기에 쓰러져 계셨다. 혼자서 그렇게 밭에 쓰러진 채 도와달란 말도 못 하고 날아드는 벌레도 쫓지 못하고 그 자리에 그냥 그러고 계셨다. 얼마 동안이나 쓰러져 계셨는지도 알 수가 없다.

119를 불렀다. D 대학병원으로 급히 옮겼다. 뇌출혈이라
했다. 입원했다. 엄마는 결국 퇴원하지 못했다.

엄마는 날마다 아버지를 위해 상을 차리셨다. 아침부터 저
녁까지 삼시 세끼를 매일같이 차리셨다. 또 우리를 위해 밥
상을 차리셨다. 우리가 학교 다닐 때는 아침에 도시락을 몇
개씩 싸주시고 저녁엔 또 밥상을 차리셨다. 그러면서 당신을
위해서는 한 번도 제대로 된 밥상을 차리지 않으셨다.

오로지 아버지와 우리를 위해 사셨다. 생일에도 가족들 미
역국만 끓여 주시고 한 번도 따뜻한 미역국을 받아 본 적이
없는 분이다. 그래서 아프고 서럽다. 딱 한 번 엄마 생신 때 외
식을 하고 생일 케이크를 사서 촛불도 컸다. 그때 촛불을 후~
불어 끈 것이 엄마의 처음이자 마지막 생일 축하 파티였다.

엄마는 뇌출혈로 쓰러지고 나서야 남이 차려 주는 밥상을
받게 되었다. 아침, 점심, 저녁 하루 세끼를 모두 남이 차린
밥상을 받으셨다. 나이 들어 병원에 입원해서야 밥상을 받으

시는 엄마의 인생이 참 서글펐다.

　오빠와 새언니는 엄마, 아버지께 잘해 드렸다. 평생 고생만 하신 엄마도 좋은 집에서 한번 살아 보시라고 집을 새로 지어 모셨다. 엄마는 그 좋은 집에서 한두 달도 못 살아 보고 병원 신세를 졌다. 팔자에 호강이란 건 없는 것 같아 또 서글펐다.

　몇 년 전 내가 시골집에 가면 엄마는 자꾸 머리에서 벌레가 스멀스멀 기어 다니는 것처럼 기분이 안 좋다고 하셨다. 나는 엄마를 서울로 모셔서 구로 K 대학병원에 입원을 시키고 뇌 MRI를 찍었다. 담당 선생님이 뇌혈관이 계속 좁아지고 있어서 대단히 위험한 상태이니 더 이상 좁아지지 않게 처방약을 꼬박꼬박 드시라고 했다.

　엄마는 알았다고는 했다. 그러나 식당 일도 바쁘고 약 먹는 걸 그렇게 중요하게 생각하지 않았다.

　그러면서 침을 자주 맞으러 다니셨다. 한의원이 꽤 먼 거리에 있었는데도 아버지와 함께 다녀오시곤 했다. 아버지가 못 가실 때는 아침 일찍 혼자 갔다가 아버지 점심 때문에 서

둘러 오셔야 했다. 우리 아버지는 가스 불도 못 켜고 커피도 본인이 타 본 적이 없으시다. 항상 엄마가 옆에서 다 해 주셨다. '여자의 일생' 같은 노래도 있지만, 그 시대의 엄마들은 다 그랬나 보다.

엄마가 쓰러지고 나서 올케언니가 아버지 상을 차리기 시작했다.

뇌출혈로 쓰러진 엄마는 재활 치료를 하면 좋아진다고 해서 재활병원으로 옮겼다. 잘한다는 세 곳 병원을 옮겨 가며 치료를 했다. 그러나 본인의 의지가 중요했다. 본인이 노력하지 않으면 일어나기가 힘들었다.

내가 찾아갈 때면 항상 더 살고 싶지 않다고 하셨다. 혼자 움직일 수도 대소변을 볼 수도 씻을 수도 없는 형편이 왜 끔찍하지 않겠는가. 게다가 매우 깔끔했던 우리 엄마는 자기 몸을 남한테 맡기는 것이 싫다고 했다. 엄마의 인생이 엄마 스스로도 서글펐을 것이다.

서로 얼굴을 보며 울었다.

아버지는 엄마의 정성으로 항상 건강하셨다. 내가 어렸을 때 엄마는 죽산 장에 가서 아버지 드린다며 주전자에 보양식 재료를 늘 담아 오셨다. 아버지는 그 덕으로 술을 정말 많이 드셨어도 다음 날 새벽엔 어김없이 일어나서 산에 나무하러 올라가셨다. 눈이 수북이 쌓인 겨울날에도 아버지의 키보다 훨씬 높이 쌓은 땔감을 마련해 지게에 지고 오셨다.

어느 날은 아버지가 같이 가자고 해서 따라갔다. 눈이 많이 왔는데 토끼도 뛰어다니고 다람쥐도 오르락내리락했다. 어린 마음에 너무 신기하고 재밌었다. 아버지는 토끼가 잘 다니는 길목에 조그만 덫을 놓아 토끼를 잡았다. 집에 들고 오니 엄마는 탕을 끓여 주셨다. 엄마 음식 솜씨는 정말이지 유명했다.

두 분은 정말 부지런하셨다. 새벽녘이면 농사일을 하러 가셨다. 논이 꽤 거리가 있었는데 날마다 그 길을 오가셨다. 금슬이 좋으셨나 보다. 아버지가 술 드시고 늦게 들어오시면 간혹 싸우긴 했으나 잘 지내셨다. 하루 한 시도 떨어져 사신 적이 없는 두 분이다.

그러던 엄마가 병원에 계시니 아버지는 예전처럼 활기찬 모습이 아니었다. 엄마는 요양병원에 6년을 계셨다. 점점 쇠약해지던 아버지는 엄마가 살아 계실 때 가고 싶으셨나 보다. 아버지가 노환으로 먼저 가셨다. 그리고 딱 3개월 후에 엄마가 뒤따라가셨다.

요양병원 계실 때 가끔 내려가서 몸도 닦아 드리고 식사도 챙겨 드리고 했지만, 항상 건강하게 그 자리에 계실 것이라고만 생각해서 미리 그러지 못했던 게 후회스럽다. 후회는 말 그대로 언제나 늦은 것이다. 돌아가시고 지난 날만큼 후회만 쌓이는 것 같다.

오늘 아침 출근길에 비가 많이 왔다. 밤새 내린 흔적이 있었다. 나는 늘 비가 반갑지 않다. 장사하니 우산꽂이 챙기랴, 매장 바닥 닦으랴 귀찮은 일이 많다. 오늘은 마음에 여유가 생긴 듯이 빗소리가 정겹고 좋았다. 비를 싫어하는데 오늘은 이상하게 비를 맞으면서 걷고 싶은 생각이 들었다. 시원하려나? 어렸을 때 비 맞고 뛰어놀던 시절이 잠시 떠오른다. 엄마도 아버지도 함께 떠오른다.

　엄마 기일에 음식이라도 차려 볼까. 뭘 좋아하셨던가. 생각만 많고 손은 허공을 휘젓는다. 눈물로밖에 밥상을 차리지 못함을 알기 때문이다. 조금씩 조금씩 엄마를 보낸다. 그만큼 엄마의 마음이 된다.

"모든 위대한 사람들의 발자취를 보라. 그들이 걸어온 길은 고난과 자기희생의 길이었다. 자기를 희생할 줄 아는 사람만이 위대해질 수 있는 법이다."

- G. E. 레싱 -

나의 엄마

이윤성

나의 엄마

나의 엄마 품은 따뜻한 사랑입니다.

나의 엄마 가슴은 편안한 사랑입니다.

나의 엄마 마음은 포근한 사랑입니다.

나의 엄마 심장은 숨 쉴 수 있는 사랑입니다.

나의 엄마 손맛은 밥심의 사랑입니다.

나의 엄마 발은 함께 걸을 수 있는 사랑입니다.

나의 엄마 이름은 쉽게 부를 수 있는 사랑입니다.

나의 엄마가 곁에 있어서 행복이 사랑입니다.

엄마가 그리워 엄마~ 하고 부르면

달려와 나를 안아주는 분이 엄마입니다.

1994년, 우리 엄마 제주도에서

3. 비운다

굿바이 바오로

✦

큰오빠(바오로)는 따뜻한 3월 봄날에 떠났다. 마지막 보내는 날은 햇볕도 너무 따뜻했다. 마치 오빠의 마음이 여유롭고 편해졌다는 듯이….

9개월 췌장암 투병 끝에 고통을 참다 참다 결국 이겨 내지 못하고 떠났다. 이제는 해맑게 웃는 모습을 볼 수 없다. 온몸을 갉아 먹은 암의 고통에 진통제도 안 들었을 텐데 오빠는 마지막까지 미소를 지어 보였다. 그 모습이 선명하게 내 가슴에 남았다.

오빠가 떠나고 두려웠다. 그리고 아직도 실감이 나질 않는다.

인생 선배 한 분이 이런 말씀을 하셨다.

"그래서 피는 물보다 진하다는 거야."

그렇구나, 그런가? 오빠가 떠나고부터 내 몸이 뭔가 이상하다. 힘도 없고 기운이 나질 않는다. 안 먹는 것도 아니고 소고기 한우도 수시로 먹어 봤지만, 힘이 나질 않는다. 다른 때 같으면 육회 몇 점 집어 먹어도 힘이 되었는데 이번엔 무언가 다르다. 시간이 지나가면 이 또한 지나가겠지.

큰오빠의 흔적들이 아직도 안성 집에 그대로 남아 있다. 집 뒤 숲길을 걸어가던 모습, 2층 서재에서 논문 자료를 출력하던 모습, 골프채를 둘러메고 나가는 모습, 성당에 가방을 들고 나가는 모습…. 눈을 돌릴 때마다 오빠의 흔적들이 생생하게 살아 온다. 초저녁잠이 많은 내가 오늘은 왜일까 잠이 오질 않는다.

만두를 손수 빚어서 잘 쪄 주는 우리 동네 오빠가 있다. 가끔 몇몇이 모여 만두를 쪄 먹는다. 정말 엄마 손맛처럼 맛있다. 음식도 너무 잘하고 자칭 요리사다. 오늘도 만두를 쪄 먹자고 해서 저녁을 함께 했다.

동네 오빠는 자기를 차인표라고 한다. 식당에서 대기라도 할 때면 대기표에 차인표라 써 놓고 일부러 두 번씩 부르게끔 가만히 있는다 했다.

"차인표 씨~ 차인표 씨~"

"네~" 하고 일어나면 대기하고 계시던 분들, 식사하고 계시던 분들이 진짜 차인표인 줄 알고 쳐다본다. 이래서 또 한 번 웃었다.

"차인표가 아니고 차림표 아니야, 오빠?"

어느새 큰오빠는 없는데 나는 먹고, 깔깔깔 웃으며, 지인들과 자리를 함께한다. 네 사람이 즐겁고 맛있게 먹고 와서 잠이 오질 않나 보다.

동네 오빠는 항상 무언가 푸짐하게 싸 준다. 주말농장을 해서 각종 채소에 이것저것 한가득 싸준다. 이번에는 감자를 캤다며 잔뜩 줬다. 잠이 오질 않아 감자조림을 해 놓고 맛을 보니 쫀득쫀득하니 너무 맛있다. 아무도 만나기 싫고, 일도 하기 싫고, 먹기도 싫었는데 그 오빠 덕분에 한 끼 잘 먹고 약간 일상으로 돌아온 듯도 하다.

　방구석에 처박혀 글만 쓰다가 글이 써지지 않으면 주변을 한 바퀴 둘러본다. 좋은 사람만 만나고, 좋은 것만 보고, 예쁜 것만 만지고, 내 안을, 나를 한번 다시 되돌아본다.

　결론은 하나다. 우리 모두 다르다는 것이다. 그래서 그 다름으로 인해 불공평함을 느끼게 된다. 그러나 나만 다르지 않다. 모두가 달라서 불공평하다고 말하는 나를 향해 "너처럼 살지 못해서 너무 억울해."라고 말하기도 한다.

　큰오빠는 잘 살았으니 뭐라도 타이틀로 남기고 갈 줄 알았다. 아쉬웠다.

　나는 또 한 번 깨달음을 얻는다. 나는 무엇인가를 남기고 마무리를 하고 싶은 게 생긴 것이다.

　이젠 큰오빠도 내 마음속에서 그리움도 뒤로한 채 보내야 한다. 오늘도 큰오빠가 떠난 3월처럼 날이 따뜻하고 좋았다. 오빠가 잘 있나 보다.

　'바오로, 안녕^^'

"과거의 은혜를 회상함으로 감사는 태어난다."

- 제퍼슨 -

2020년, 오빠, 나, 조카와 함께 필리핀 클락 여행에서

푸른 들판 작은 숲길

이윤성

내가 걷던 집 뒤 작은 숲길
오늘도 걸어 본다.
무엇이 있을까?
무엇이 새로 생겼을까 걸어 본다.
여전히 똑같다.

푸르른 넓은 들판에 작은 숲길은
나를 반긴다.
여전히 똑같이 반긴다.
한적하고 조용한 집 뒤 작은 숲길이
어릴 적 뛰놀던 작은 숲길이
오늘도 똑같이 나를 반긴다.

2024년, 나의 고향 안성 집 뒤의 숲길 풍경

이제는 아가다

◆

　세례를 받았다. 세례명은 '아가다'이다. 종교에 대해 깊숙이는 모른다. 성당에서는 세례식이 중요한 의식이라 했다. 두 딸이 꽃다발을 준비해 왔다. 감격스러웠다. 세례식 도중 대모님 앞에 서니 눈물이 주르륵 흘렀다.

　'왜 눈물이 나지?'

　어여쁜 동생이 축하해 준다고 참석을 했다가 이유를 말해 줬다.

　"언니, 애기니까 울지. 지금 태어난 거야!"

　30년 이상을 넘게 종교 생활을 해 온 동생은 많은 걸 알아서 나에게 도움도 많이 주고, 이렇게 알려 주니 고맙다.

　난 아가다로 2024년 6월 2일 다시 태어났다.

예전엔 집에 난이 한 30여 종 있었는데 매년 난꽃이 피었다. 아침에 눈을 뜨면 나는 베란다에 있는 난들을 보며 기도를 했다. 향기가 얼마나 좋은지 기도가 향기가 되어 하늘로 올라가는 것 같았다. 이제는 신자가 되었으니 힘들 때 기대 보려고 하는 것보다 진실한 신앙생활을 해 보려고 한다.

학교 다닐 때는 교회에 가서 친구들이랑 놀다가 오곤 했다. 엄마는 불교 신자였다. 집에서 3~4km 떨어진 곳에 칠장사라는 절이 있는데 그곳에 다니셨다. 쌀을 머리에 이고 시주를 해야 한다고 절에 가끔 가셨다. 오는 길에는 떡이나 먹을거리를 가져왔는데 그날은 아주 행복한 날이었다.

학교에서 소풍을 갈 때면 두 줄로 짝꿍이랑 손을 잡고 걸어서 갔던 그 장소가 바로 칠장사라는 절이었다. 오랫동안 가 보지 못해 어떻게 변해 있는지는 모르겠다. 옛날부터 유명한 절이었다고 한다.

과거 시험을 보러 한양으로 올라가던 박문수가 칠장사에서 하룻밤을 묵게 되었는데 나한전에서 기도를 하고 잠들었다가 꿈에 부처님이 나타나 과거 시험 시제를 알려 줘서 장원급제를 했다는 설화가 있다. 어린 나에게 칠장사는 소풍 지정 장소일 뿐이었다.

교회에 갔을 때 목사님은 생각이 안 나고 전도사님이 계셔서 성경 구절 찾기와 여러 가지 놀이를 하며 나는 상도 많이 받았다. 성인이 되어 교회도 많이 가 보았지만 나하고 맞질 않았는지 오래 다니지 못했다. 나는 조용한 걸 좋아한다. 그래서 마지막에 택한 건 성당이다.

6개월간의 교리 공부 도중 실은 자신이 없었다. 중도에 그만할까도 했는데 참고 끝까지 갔다. 무엇이든 다 때가 있는 것이다. 십여 년 전부터 성당에 가려고 몇 번을 시도했지만 안 되고 결국엔 지금에서야 가게 되었다. 부르심은 때가 있는 모양이다.

대모님이 그랬다.
"정말 윤성 씨는 힘들게 돌아 돌아서 왔다."

대모님은 10년도 더 전부터 알던 언니다. 합창을 같이했고 정확하고 진솔하고 신앙심도 깊은 사람이다. 부탁을 드렸더니 기뻐하시며 기꺼이 대모님이 되어 주셨다.

세례식을 한 후부터는 매주 미사를 드리러 간다. 첫 고해 성사도 했다. 모든 지은 죄를 용서해 달라고 고백한다.

그리고 큰오빠(바오로)가 키우던 물고기 구피를 가져온 게 오늘 새끼를 낳았다. 너무너무 좋은 일이 생기려나 보다. 정말 기뻐 웃음과 콧노래가 저절로 나오면서 좋았다.

세례식이 끝나고 올케언니가 축하해 주러 오신 분들을 대접하고 나를 위해 기도해 주고 갔다. 나는 든든했다. 큰오빠가 이 모습을 봤으면 얼마나 좋아했을까. 오빠는 성당 일을 많이 했고 오랜 신앙심에 열정을 다했다.

종교의 길도 쉽지는 않겠지만 하나하나 배워 가는 과정이라 생각하며 천천히 길게 가고 싶다.

"기도는 현장의 기도여야 합니다. 현장의 기쁨과 감사, 찬미와 찬양의 기도여야 합니다. 동시에 아픔과 고통의 기도여야 합니다. 그러니 현장에 가는 것을 주저하지 맙시다. 현장에서 그 일이, 주님의 일이 이루어지고 있음을 믿읍시다."

"청하여라, 너희에게 주실 것이다. 찾아라, 너희가 얻을 것이다. 문을 두드려라, 너희에게 열릴 것이다. 누구든지 청하면 받고 찾으면 얻고 문을 두드리면 열릴 것이다." (마태 7:7-8)

요즘 계속 하루하루 성경책을 읽어 나간다.
이제 나는 아가다이다.

푸르른 넓은 들판에 작은 숲길은 나를 반긴다.
여전히 똑같이 반긴다.
한적하고 조용한 집 뒤 작은 숲길이 어릴 적 뛰놀던
작은 숲길이 오늘도 똑같이 나를 반긴다.
- 「푸른 들판 작은 숲길」 중에서

나만의 반짝이는 색깔을 위한
마지막 선택

"나는 꿈을 꾼다."
나만의 삶의 공간을 떠올리며.

요즘 세포를 재활성화하는 비밀스러운 힘을 주는 엔더 몰로지 스킨케어를 받으며 몸이 회복되고 있다. 이 기계에 매력을 느껴 숍을 옮기려고 계획 중이다. 히노키탕도 만들고 거실은 책장과 책상을 놓고 빔 프로젝터를 설치해서 영화도 보고, 작가의 길, 삶의 길에 서서 기획을 하고 있다.

넓지도 적지도 않은 도심 속 공간에서의 힐링!

상상만 해도 맑아지고 건강해지고 행복하다. 누군가를, 사람들을 살린다는 것은 더 행복하다. 비도 눈도 걱정 없도록 어닝을 설치해서 폈다 접었다 하면 좋겠다.

먹어도 먹어도 기운이 자꾸 없어서 힘들었는데 갑자기 하루하루가 즐겁고 설레기 시작했다. 며칠 전부터 힘이 나는 듯하다.

큰오빠(바오로)가 키우던 구피가 새끼를 많이 낳아서 가져온 게 다시 새끼를 낳았다. 하루는 2마리, 또 하루는 5마리 자꾸자꾸 늘어난다. 어항을 분리해 줬다. 마음 편하게 부화할 수 있게….

선물받은 행운목 화분이 다 죽어 갔었는데 무성하게 자란다.

'다 잘되려나 보다. 아가다로 태어나면서 모든 삶이 잘 풀리려나 보다.' 하는 생각이 든다.

"세례받을 때 소원을 꼭 말해. 꼭 들어주실 거야."
친척 약국 아줌마의 연락이 왔다. 그래서 난 무슨 소원을 빌까 했다. 소원이 너무 많아서 그냥 '저의 모든 일이 순탄히 잘되게 해 주십시오.' 마음속으로 빌었다.

아줌마하고는 오랜 인연이 있다. 내가 초등학교 때 서울

에필로그

아줌마네를 갔었다. 아줌마네는 아저씨가 약사님이고 큰 약국을 운영했고 엄청 부자였다. 어린 나의 눈에는 이렇게 보였다.

집 관리를 하는 사람도 따로 있고 온 방바닥에 호텔처럼 카펫이 깔려 있었다. 그런데 아줌마는 잘사는 티를 내지 않았다. 수수하게 청바지에 티셔츠를 입고 다녔다.

아줌마네 처음 갔을 때 집에서 먹어 보지 못했던 반찬이 있었다. '소불고기'였다. 너무 맛있고 처음 먹어 본 맛이라 절대 잊을 수 없었다. 지금도 불고기를 잘 해 먹는다. 여전히 맛있다. 아줌마는 자녀가 셋이었는데 그 아이들을 유대인 육아법으로 키우신다고 했다. 나중에 서울에 가면 나도 저렇게 살아야지, 아이들도 저렇게 키워야지 했던 촌닭이 바로 나다.

약국 아줌마는 세례식에 꼭 오려고 했는데 몸이 좋지 않아 참석할 수 없었다며 축하한다고 하셨다.

"건강 챙기시고 빠른 쾌유 빕니다. 관심에 깊이 감사드립니다."

큰오빠는 그 약국에서 일하게 되면서 거기서 자고 먹고 했다. 지금도 현재 그 자리에 약국은 있다. 월세를 주셨다고 한다. 젊어서 열심히 사시다 나이 들어 편하게 사시려는 현명하신 선택이다.

언니가 고등학교를 졸업하고 서울로 취직이 되어 올라오면서부터 큰오빠와 언니는 오류동 빌라 방 하나를 얻어서 살게 되었다. 그때부터 우리는 엄마와 아버지로부터 독립했다. 처음 길을 터놓은 큰오빠 덕에 여기까지 든든하게 자리 잡고 잘 살아왔다. 또 모든 것이 하나하나씩 그리워진다.

어느덧 의용소방대원으로 봉사활동 한 지 어언 9년째다.

얼마 전 구청에서 구로 장기요양 인들의 수고를 위해 행사 참여 안전관리 활동 대원으로 봉사활동을 했다. 그래도 현 구로 의용 소방 남성 윤재길 대장님의 지시대로 잘 협력해서 무사히 안전하게 행사를 마쳐서 또 한 번 뿌듯한 하루였다. 모든 것에 감사한다….

오늘은 새벽녘 출근길에 어제 밤새 많이 비가 내린 흔적

에필로그

과 대중교통도 마비가 오고 연거푸 위급 상황 메시지가 흘러나오는 걸 보니 자연의 재해는 피해 갈 수 없나 보다. 그러나 나는 꿈을 꾼다. 내가 게을러지지 않으면 모든 것이 잘될 것이라는 확신이 있다.

"일찍 일어나는 새가 벌레를 잡는다"는 말도 있듯이 나는 오늘도 부지런하게 살려고 한다. 아침에 일어나 출근할 곳이 있다는 것, 일을 할 수 있다는 것에 행복하다. 걸어가는 사람은 반드시 목적지에 도착할 것이다. 오랜만에 꾸는 나의 새로운 꿈, 그 반짝이는 꿈을 향해 끊임없이, 난 오늘도 또 부지런히 걸어갈 것이다.

나의 꿈

이윤성

나는 꿈을 꾼다.
꿈속에서도 꿈을 꾼다.
나의 꿈을.
나는 매일 꿈을 꾼다.
나의 꿈을.
상상의 세계속에서도 꿈을 꾼다.
나의 꿈을.
잠든 순간 여행에서도 꿈을 꾼다.
나의 꿈을.
하늘 높이 올라가 있는 꿈을 꾼다.
나의 꿈을.
지금도 높이 우뚝 서 있는 꿈을 꾼다.
나의 꿈을.
오늘도 어김없이 꿈을 꾼다.
나의 꿈을.

에필로그

부록

✦

✦

✦

반짝이는 나의 사람들,

반짝이는 나의 시간들

1994년, 우리 엄마·아빠 제주도에서

1994년, 우리 엄마 아빠 제주도 산굼부리에서

1994년, 우리 엄마 아빠 제주도에서

2011년, 가족과 함께 제주도에서

2020년, 오빠, 나, 조카와 함께 필리핀 클락 여행에서